爱一个人，在旧时光里细数温柔

程应峰 著

北京时代华文书局

爱的际遇中，

又何尝没有乌云、风暴、彩霞、阳光？

是爱，就有沉郁和哀伤，

更有近在咫尺的惆怅。

〉〉〉

如果你的记忆里，还有我的样子，

时光就不曾被辜负。

〉〉〉

我想牵着你的手，就这样一直走，

从现在走到以后。

〉〉〉

假如有一天我不在了，

请记得

我是爱你的。

〉〉〉

序——

当你出现，我才知道原来有人那么美好

很多人都会置身于这样一种感情之中，虽平淡朴实，但真切深刻。平淡的生活平凡的生命里，本来就没有那么多琼瑶式的一见钟情，没有那么多甜蜜得催人泪下、痛苦得山崩地裂的故事。滚滚红尘中，绝大多数人都只是一些平凡地生、平静地去的平常人。

在陌生的人群里，在冥冥的定数中，一定有那么一双属于自己的手，会和自己的一生紧紧地相握、相拥，经历所有的阴雨和艳阳，一生一世，不离不弃。这样一种感情，没有太多的轰轰烈烈惊天动地，却有着行云流水般绵延不绝的感觉；没有太多的海誓山盟花前月下，却有着眼波如流心有灵犀的默契，这是一种“执子之手，与子偕老”的感觉。

不一定所有牵手的人都曾一见钟情。生活中，很多一生牵手的人，最初可能像陌生人一样擦身而过；或者只是最平常的朋友，见面笑一笑，打声招呼，然后远去。直到有一天，在暮色里，你忽然发现她的背影竟是如此的让你心动，一种让你心疼的怜惜之情不经意间就撞痛了你。你这才发觉，在日影的挪移中，擦身而过的她已经走入了你的生命，你意识到自己是喜欢上了她，于是一段美丽的感情，始于那简单平淡的缘分。

这份感情不如想象中的那样绚美、精致、浪漫。那只是淡淡的一种感觉，没有大喜也没有大悲，没有“九百九十九朵玫瑰”也没有“魂断蓝桥”，只是一种牵手人生、并肩漫步的感觉，一种共同凝望日升日落的感觉。其实这正是一种天变地变情不变的感觉，一种可以教山川日月作见证的感觉。

能够珍惜这并不惊心动魄的感情，是因为真正懂得了什么是生活。当你哭泣的时候，有人陪你伤心，倾听你诉说，为你抚平凌乱的头发和憔悴的颜容，告诉你明天依旧阳光灿烂；当你笑着的时候，整个世界都和你一起明媚，而她静静地站在一旁，微笑着看你，有如一片灿烂阳光。于是，平淡日月里，两个人就像两棵独立的树，共同撑起一方风景，枝叶在蓝天下盛放，树根在地底下相抚。风也罢霜也罢，雨也罢雪也罢，每一刻都是如此美丽、如此动人，值得用一生一世的时光去慢慢咀嚼、慢慢回味。

当两个人在平凡平淡的生活中，相携相挽走过今生今世，就注定拥有了生活的幸福和生命的最美。这样一种感情可以用天长地久来描述，它的名字叫爱情。

目录

CONTENTS

CONTENTS

第二辑 | 至少我们还努力去爱

第三辑 |

总会有个人来爱你

CONTENTS

第四辑 |

就这样陪你一直走

第五辑 |

在旧时光里细数温柔

Chapter 01

第一辑

即使时光不曾倒流

当你伸出手，他就不是遥不可及

〉〉〉

晏明和几位生意上的朋友离开牌桌，已近午夜 12 点。赢家请宵夜，这是不成文的规矩。晏明是个爽快人，几位牌友没开口，他就招呼他们找个夜宵排档坐了下来。

手机响了，是晏明的，手机屏上出现的是一个陌生号码。这么晚，还打电话，一定是有急事了。晏明毫不犹豫摁下了接听按钮。

“我怎么办啊？救救我！救救我！”电话那头传来一女子感伤的声音。晏明正待询问，电话却断了。

晏明当即回拨，可怎么也无人接听。看来，如果不是有人故意开玩笑，就一定是有什么事情发生了。

人命关天。接听了这个电话，如果不管不顾，若真出了什么事情，可想而知，作为线索之一，日后不知会有多少麻烦事等着，他可没有时间去应付。想到这些，晏明便心神不定了。

几位牌友听说是求救电话，异口同声说这事情非同小可，不能不管，让晏明打114查询陌生电话来自哪个区域。晏明照做，一查，这电话是来自海滨市的。天啦，在海滨，离晏明所在的长河市有几千里地呢。晏明接着拨打海滨市的114查询，查清那个陌生电话是沿河区的一住宅电话。晏明想，求救电话所在的区域知道了，告诉当地公安就行了，于是向海滨市公安局打电话告诉了详情。接听的人说："这是沿河区的管辖范围，我告诉你沿河区派出所的电话，你跟那儿联系吧。"

很快，晏明跟沿河派出所联系上了，说明了情况，将那个求救电话的号码告诉了他们。

事情有了着落，晏明松了口气。回到家里，他找出以前的电话号码记录本，一查，那个电话号码赫然写在本子上。他想起来了，几年前，他到海滨市洽谈一笔业务，或许是他年轻帅气，事业有成；或许是他很有人缘，在他离开时，对方公司老总十八岁的女儿杜晗给他留下了自己的电话，他也给她留下了电话。

事隔多年，屈指一算，杜晗也是二十四岁的人了，该成家了吧。晏明怎么也不会想到，她会在危难时想起他来，向他打求救电话。晏明想着想着，再一次为杜晗担心起来，不知到底会发生什么。

沉思中，晏明的手机响了，是沿河区派出所打来的，先说了几句感谢的话，然后说："那女子叫杜晗，我们找到了，她喝高了，到现在还迷迷糊糊的，当时她因为酒力发作，感到难受，就随意拨打了你的电话，现在没事了。”

果然是她。知道没什么大问题后，晏明那颗吊着的心放下了。但一个女子喝酒喝高了，一定是有什么心事。因为太累太困，晏明想着想着便入睡了。

第二天，晏明想起了昨天晚上的事，出于好奇，也出于关心，拨通了杜晗的电话。报了姓名之后，晏明笑着对杜晗说：“你喝酒喝得很卖力啊！不过也好，如果你没醉，是断然不会拨我的电话的。”杜晗在电话里苦笑了一声：“是啊，有时候喝醉了才好。阿明，都这些年了，你有想起过我的时候吗？”

“想过，怎么没想过？你那么聪明漂亮的女孩，让人念念不忘呢！”晏明顺口应了一声。

说实在的，在这之前，晏明并没有想过杜晗，毕竟他和她是因为生意上的事才有交往，而且仅有那么几天时间。杜晗再漂亮，他当时也只顾得上忙自己的生意，并未将她放在心上。

可杜晗对他却是一见倾心，但那时她还小，加上女孩大多是矜持而内敛的，喜欢归喜欢，最终还是没有向他表白什么。他离去后，就再也没有消息，加上相隔遥远，她觉得和他走到一起不太可能，便只能在心之一隅保有对他的美好追忆了。

缘分总是有的，后来杜晗和同城的林飞相好了。林飞外表酷似晏明，也很有才气，和晏明相比一点都不差。从这一点足以证明，杜晗是深爱晏明的，在杜晗心中，晏明一直是她择偶的参照标准。

杜晗的父亲是个成功的生意人，仪表不凡，生性浪漫豁达。因为豁达，所以在儿女们长大成人后，面对儿女私事，他一向尊重他们的选择。杜晗的兄长和姐姐都如愿找到了自己的意中人，过上了红火幸福的小日子。怎么也没有想到的是，当杜晗将林飞带到家中见父亲时，他一反常态，硬是不同意这桩婚事。杜晗也不屈不挠，父女俩就这样闹得不可开交，每天一见面就会碰出火来。

杜晗说完事情的经过后，哽咽着说："晏明，你说这样下去我怎么办？谁能救我啊！"

晏明小心地问："你知道是什么原因让你父亲如此强烈反对吗？"

杜晗说："我就是想不通啊，林飞哪方面都跟你一样很出色，我父亲太没道理了。要不，你帮我问他一下，你和他有过生意往来，他很欣赏你。如果不是你有自己的公司，他曾经说要聘你当副总呢。"

关系到杜晗的幸福，晏明义不容辞，期间还不断地给杜晗去电话安慰她。几天后，晏明通过电话找到了杜晗的父亲。晏明先报了姓名，和杜总叙了一番旧情。听得出，作为同道前辈，杜总对晏明是极为欣赏极有好感的。接下来，晏明说到了杜晗的个人大事，问杜总为什么极力反对。杜总说："林飞这孩子没说的，只是……唉，这事我真难以启齿，但事到如今，不说也不行了，林飞和杜晗是同父异母的兄妹啊！"

杜晗从晏明那儿知道真相后，在电话那头又喜又泣。喜的是，她还有这么出色的一个哥哥；泣的是，她不得不走出这段爱情。

晏明呢，在电话这头又高兴又茫然。一个求救电话，将事隔多年的爱意挑明了，让他知道几年前给过他美丽感觉的女孩，一直那么深情地爱着他，他不能不感动。而他一直只顾忙自己的事业，对之外的事毫无知觉。当然，如果不是这样，时至今日，他也不会还是孑然一身了。

电话那头杜晗止住了啜泣，轻声问："阿明，我有嫂子了吧？她好吗？"

晏明听着杜晗的柔声细语，心头就止不住有一股热腾腾的感觉。他不能不承认，属于自己的爱的引信就在他查过电话号码本之后的那一刻被点着了，爱的感觉在他心头荡漾。此刻，他回想起杜晗的一颦一笑，想起杜晗几天前的诉说，情不自禁对杜晗说："远在海滨，近在耳边，她现在心境难受着呢！杜晗，我可以向你求婚吗？"

听晏明这么一说，杜晗破涕为笑了："是吗，阿明，我刚从爱的幻影中走出来，便可以得到真实的你吗？这不是在做梦吧！"

晏明说："一个求救电话，一个不能爱的人，唤醒了我闭塞的情感，让我找到了爱的感觉，也给了我爱的机会，你说，这不是上天的安排又是什么？"

听着晏明磁性十足的男声，一时间，幸福感真切地包裹着杜晗，她甚至感到有点眩晕。她怎么也没有想到，那份遥远的爱情原本就不在梦想中，而是一直以来就停驻在她的身边，只要肯伸出手来，就可以触及，就可以拥有。

原来你也在这里

〉〉〉

麦加爱好摄影。那天，度假的麦加在自己并不熟悉的广场捕捉异乡美景，忽然间，他的镜头中出现了一位女孩，刹那，她的美丽让他的镜头定格在那儿。对方好像看出了什么，迈着轻盈的步履朝他走来。随之，他放下了手中举着的相机。

女孩叫达丽，是有名的服装模特。她走到麦加身边的时候，笑着说："走吧，去我们要去的地方吧。"达丽以为麦加是公司派来专门为她拍照的摄影师。而这一刻，麦加已意识到是达丽弄错了，以他惯常的表情笑过之后，正要解释，语速极快的达丽没等他将话说出来，又接着说："快走啊，难道你不愿意做我的摄影师吗？"说着拉了麦加一把。面对如此美丽大方的女孩，麦加的笑堆在脸上，看来，只好随她了。

这一天，达丽的心情特别好，她摆出各种各样优美的姿势让麦加拍照。作为达丽摄影师的麦加呢，也做得十分到位，根据不同的场景，从不同的角度，为达丽拍摄了许多照片。临别时，麦加笑着说：“小姐，你不明白你弄错了吗，我并不是你的摄影师啊。不过，这是命运的安排，如果命运让我们再见面的话，你会拿到你的照片的。”这次相遇，他们都没有告诉对方自己的名字。

两天后，麦加和达丽碰巧又在一家咖啡店遇上了。那一刻，麦加笑着对达丽说：“这是命运，命中注定你会拿到你的照片的。”达丽一张一张看着自己的照片，兴奋之情溢于言表：“天啦，我从来没有这么漂亮过，这是我吗？”麦加微笑着：“当然是你，你本来就这么漂亮。”达丽说：“我该怎样感谢你呢？”麦加说：“不用言谢，因为这一切都是命运。我叫麦加，你呢，能告诉我你的芳名吗？”达丽含情地看着他，笑着点了点头。分手时，麦加说：“不用告诉我你住哪里，如果命运让我们见面的话，我们还会遇见的。”

说来也巧，这以后的许多日子，在许多不同的场合，达丽和麦加常常相遇。正因为这样，达丽心中已放不下麦加了。当然，麦加对美丽女孩达丽也心有牵挂。但是，他和她始终没有说出那个“爱”字。麦加总这么认为：相爱是一种命运，自然而然，水到渠成。

再一次，麦加和达丽在一家商城相遇了。两人对面而立时，麦加笑着，达丽也笑着，彼此之间的爱意虽然没有说出来，却蕴藏在笑意之中了。麦加对达丽说：“这是命运。”达丽笑着说：“我才不相信什么命运呢。”麦加说：“这样吧，我们现在在商场一楼，各自乘电梯上去，在不知道彼此要上的楼层的情况下，看能否在同一楼层走出来。”

就这样，达丽和麦加分头行动，进入了不同的电梯。达丽走出电梯的时候，她看见麦加站在那儿，没有事先的约定，她和他竟真的在同一楼层下了电梯。那一刻，爱的感受在达丽心中澎湃，她走过去，和麦加热切地拥抱在一起。

很多情况下，相爱，是一种命运，它与贫富贵贱无关，与距离远近无关。真爱之爱，是男女之间的心灵深处最强有力的呼唤，再怎么逃也逃不脱命运之手的奇妙布局。

幸好我们没有在一起

〉〉〉

无论是春风化秋雨，还是沧海变桑田；无论是冷热，还是聚散，我都会珍惜网络带给我们的缘分。今日种种，可以似水无痕，但我又怎能忘记，你曾带着炽热的爱走进我的生命。

——蜗牛哥哥手记

1

网络上，他的名字叫蜗牛哥哥，她叫蜗牛。这是后来的事，他每次给她发邮件，她总在写字板上留言，问他是不是在用蜗牛发邮件啊？后来她干脆取了网名蜗牛。他呢，也就自然而然将自己叫蜗牛哥哥了。

2

一个寂寞孤独的夜晚，他无意中进入了“情约今生”聊天室，众多网名中，他点击了那个让人感觉凄清的名字，就这样，他开始了有生以来的第一次网聊。

他毫无顾忌地将自己本真的面目带入了网络，而和他聊着的那个人，在他敞开心扉的时候，有点不舍了。那一晚，他们聊了很久，生活的琐琐碎碎，让他们咀嚼到了另一份真实，并且在各自的心空烙下了难忘的印记。临别，她和他约定了再见的时间。

再一次见到她的时候，他告诉她说，在网易同学录中找到了她。她也说，是啊，我就知道，到我们班级捣乱的人，只能是你。这以后，只要隔一些时日打开电脑，进入网易同学录，就可看见留言板上她给他的一堆留言。

不知从何时开始，他有事无事爱到那间聊天室转转，看到她就和她闲聊。他的积极乐观机智幽默感染着她，她的率真热情智慧开朗给了他很多美丽的遐想。日复一日，他们相互传纸条，写留言，谈着日常生活，说着甜言蜜语，不知不觉成了无话不谈的网友，她甚至有心将自己的电话告诉了他。好长一段时间过去，他都没拨那个电话。有一天聊着的时候，她给他发了一封邮件，他乍一看却是乱码，她提醒他细看，他眯起眼睛，明明白白看清了那五个字：“我好喜欢你。”

这以后的日子，他们遇到不开心的事总会毫无保留地在网上向对方诉说。有一次她说她流泪了，他相信是真的，她诉说的时候给他的感觉是那样温柔，让人爱怜。这一刻，他抑制不住想听听她的声音，便拨通了她留给他的电话，其实在这之前他就想听听她的声音了。他听见了她的声音，很甜美，但又显得很无奈，他们聊着聊着，沉溺在一份复杂的情感里，忘记时间的存在了，如果不是他有急事，不知要多长时间才会挂上电话。这次电话，界定了他们网上情侣的身份。

3

因为各自有家，他和她在极度矛盾的状态下，惴惴不安地进行着网上对话，只有心灵是相通的，只有情爱是互动的，而这种难解之爱，燃烧起来，便会幻化出无尽的思念。她常迷迷茫茫地问他："我们怎么就相识了？是上天安排的吗？既然上天安排我们相识，为什么非要让我们有缘无分呢？"她说这话的时候，一派悲凉。他看着闪烁的电脑屏，心里头也酸酸的。

她从小被捧作掌上明珠，那时的她是一个活力四射、人见人爱的姑娘，在疲惫的婚姻中，不知不觉就步入了中年，步入中年也就步入了无边的落寞。有事无事，她会上网和陌生人聊天，以排解心中的伤感寂寥。她怎么也没想到，在这个虚拟的网络世界里，她还有缘寻到一个可以闯入她心扉的人。她那颗冷漠悲凄的心一下子升起了一团炽热。她和他在网络上拥抱，在虚拟中亲吻，在她的感觉中，这一切就是真的。过去的岁月里，她缺少的正是这样一份热烈的情感，亲密无间的关爱，她需要活在这种感觉里。

网络中的爱恋朦胧而美好。他看不清她，她也看不清他，他们用情感的光亮，照彻彼此的思维世界。网络之外的她忙于应酬，在冰凉的客套里喝酒，喝酒后的感觉是更加想他，坐在酒桌旁，在觥筹交错的热闹情景里，她感到了蚀骨的孤独和冷寂，她满脑子萦绕着他给她的梦幻感觉。她不停地唠叨：想你，想你……她说这种感觉真好，虽有小小的惊颤，留下的却是暖暖的温情和浓浓的回味。如果是一个甜蜜的梦，但愿一生不醒；如果是一个美丽的童话，但愿故事永远没有句点。

那天开聊的第一句话，她说她是跑回来的。他问为什么要跑呢？她说不跑就得喝酒，一喝酒就不能跟你在一起了。那一刻，他的胸口猛烈地撞击了一下 ，刹那间他有了一种心痛的感觉。他轻点鼠标将她紧紧地抱在怀里，又爱，又怜，他彻底陷入了人世间一句话无法说清的情网里，不能自拔了。

4

每天某些特定的时间，他们会将各自的网名挂在聊天室，悉心等待。他们在一起的时候，总能在对方的表情和言辞中找到安慰和共鸣，他们共同游历彼此曾经的人生故事，共同分享以往的点点滴滴。网络这头他感到自己的心绪就像飞鸟掠过城市的天空，在透明的蔚蓝里，留下淡淡的痕迹。网络那头她感觉空气中流泻着暖暖爱意，清风拂面而来，她闻到了空气里弥漫着的春天的味道。这样的时候，他们的心境是如此晴朗。

他们明白，再不是追梦的年龄了，可他们心中依然有人性中美丽的梦想。那梦仿佛晶莹的贝壳，闪着斑斓的色彩；又如绿色的海藻，期待着潮水的信息。它不在虚无缥缈的天外，而是实实在在地在彼此心里。他们凭借着那一点点朦胧的感觉，追逐着那诗一样的梦，那令人心醉的梦。他们不是不知道现实与梦想的距离，他们也感觉到了彼此的心神不定，忐忑不安，他们徘徊，渴望，渴望，徘徊……两颗心在向往和思念中倍受煎熬。他们一步一颤走着这段艰难的路，对他们来说，这样的跋涉既是痛苦，也是残忍。

他们最终用虚拟的充满激情的方式向彼此靠近了。那些遗落过的晶莹的泪水，那些迷雾中曾有过的泥泞，都随风远去。无岸可言，也就无所畏惧。不管是何种结局，只有情爱才是无处不在的。和她在网络中融为一体的时候，他觉得自己重新活过了一回。明知这缥缈的爱情注定是一种绝望，却试图用这种方式来对抗注定的命运。只为一种结局，一次深刻。

5

那天晚上，她辗转反侧，怎么也睡不着，凌晨时分又一次坐到了电脑桌前。她进入属于他们俩的那片空间，在留言板上写下了一堆留言：

“亲爱的，你一定正在酣睡，天地万物于你，都褪成了人间远景。而我，揣着满满的思念，在这孤寂的夜晚情不自禁地想你。

“亲爱的，你让我怎么入睡啊，我一直在想你，想你的力量，你的勇气，想你的每一寸肌肤，你的味道，你游弋的手，你温温的唇。

“亲爱的，你知道我为什么老喝酒吗？我是把你当酒喝下去了。在喧嚣的酒桌上，我慢慢体会、孤独品味的，只有你。

“亲爱的，我们之间发生的一切固然局限在网上，但我却能感受到你疯狂的爱抚，你忘情的拥抱，我的心在狂跳啊，亲爱的，能将手永远放在我的胸口吗？

“亲爱的，想你、想你、想你……我的每一分、每一寸都期待着、渴望着你的爱抚，你梦中有我吗？”

第二天清晨，看了她的留言后，他百感交集，给她留下了这样一些文字：“不管怎样，我深深感谢上苍的安排，让我有机缘认识你，我虽然看不清你的眉目，却能感觉到你，你让我觉得这个世界还很温润，这个世界还有温暖，还有慰藉，你让我在远天的夜色里不再只是抱着无望的期待在生命中摸索。我即使只是一片树叶，也要为你飘摇一生，哪怕走到生命的尽头，我会痴痴地为你守候。

“我这样望着！永远地望着！唯一企求的是那份眼泪不自觉地滴到手背上的柔情，即便只是生命中的一瞬。读着你阳光般透彻明亮的语言，我不怕伤感和无奈会栖息在心底。我的泪眼也罢，微笑也罢，都深藏着你的影子。

“你说：如果真是赌局，我会毫不犹豫地下注；如果真是烈焰，就让它尽情焚烧；如果真是陷阱，我会愉快地跳下！是啊，我也想过，但这仅仅是激情，就像熊熊燃烧的火焰，燃得热烈，却难持久，我想，顺其自然才是我们最好的选择，世上很多事情都是无可奈何的，情感也不例外。不是有人说过这样的话吗，如果你用心爱他（她），最好的方式就是不要和他（她）一生厮守。”

6

在尘世的一个刹那，滴滴露珠在淡淡的天光云影里“砰”地落地，那是他们伤感的泪滴。一切的现实，他们接受了。每个白发滋长的夜晚，他们诉说着、倾听着彼此的心声，如同舒婷笔下的红木棉，两株永远相望的植物，在各自的时空里默默坚守。爱情，这种神圣的东西，像雾中的一抹腮红，一枝苦楝花，带着永远的神秘和神圣，闪烁在蜗牛和蜗牛哥哥这两个彼此熟稔却永难亲近的网名上。

只有想念一直没有变

〉〉〉

网上有一支歌叫《QQ 情缘》，很落寞，很低徊，很伤感："天黑了，下雨了，我想念你了；灰的天，灰的心，灰的你的脸；不敢说，不敢讲，对你的企盼；你只是，我只是，网上的朋友；心跳了，脸红了，我看见你了；与你谈，与你笑，与你开心聊；你的烦，你的愁，我通通收藏；为你哭，为你痛，为你爱伤悲；夜深了，天冷了，你要下线了；心酸了，心痛了，我悄悄落泪了。"

对他和她来说，这支歌仿佛就是为他们而写的。在网络上认识，因为聊得坦率，聊得投缘，一段时间后，聊天成为她和他生活中不可或缺的一部分了。

她知道他的身体不怎么样，每次一上 QQ，第一句话总是："还好吗？"简单的三个字透着她对他的关心关爱。那份关爱在他的心头荡漾开来，如丝般轻柔，款款的，轻轻的，一直延伸，不经意间，就触动了他心头一份遥远的渴望和思念。

因身体的不适，他住进了医院，他和她就断了消息，很久很久了，好比断线的风筝，她无助而无奈。“是不是一去不回啊？”她呆呆的，傻傻的，就这样没日没夜地挂在虚拟网络的QQ上。

她和他在QQ上相识不过就是半年的时间，可她对他的依恋之情却是前所未有的。睁眼闭眼之间，她的脑海里总会浮现他的影子。他离开的这些日子，她也和别人聊，但她总是心不在焉地在各个头像间切换，程式化地说着一些言不由衷的话，一下线，脑子里便是一片空白。好多时候她都问自己：“我究竟在干什么？”

终于等到了那一天，他没康复就出院了。那个夜晚，他的QQ头像在她的QQ上鲜亮地闪了一下就变成了灰色。就这一下，也被她捕捉到了，她飞快地发过来一行字：“你好些了吗？我想你。”他也看到了她，他的手指在键盘上动了一下，可是他没有应答，他知道自己的身体是疲惫的，不堪一击的。他不作答，不是心中没有她，他只是有心让她复归曾经的平静。

时间悄无声息地流逝，他和她都忍受着思念的煎熬。在日子的空白里，他觉得自己内心的那份刚强被来自虚拟世界的情感利剑击垮了。在一种无可抗拒的状态中，他再一次打开了QQ，他看见她挂在那儿，好像从来就不曾离开过一样。她像上次一样飞快地发过来一行字：“你怎么不理我了，你的身体又有问题了吗？”他应了她，没说自己的病情，只是慢慢述说着自己平淡如水的生活。

她静静地听着，回着一些温柔而体贴的话语。他说他看了一遍她发过来的照片，那一袭白衣，那笑靥，那神情，有着不可抗拒的魅力。他其实打心眼里是爱她的。就这样，她和他再一次沉迷在美妙的爱情里。

之后的日子，她和他在 QQ 上欢乐同享，忧戚共担，总有讲不完的笑话和说不尽的开心事，却从未有过是否见面的只字片言。她和他就这样交往着，虽是素未谋面却心心相印。

然而，有一天在网上和她聊着，他突然就晕过去了。他虚拟的形象挂在 QQ 上，她再怎么着，他都不能理她了。

他醒来的时候，是在医院的病房里。从邻床病人那里，他猜得出他和他们一样，该面对死亡了。

晚上他回到家中，再一次打开了 QQ，她还是挂在那儿。她还是像以前一样飞快地发过来一行字："亲爱的，你怎么了？身体状况好吗？病情得到控制了吗？"

他泪眼蒙眬，半天没打出一个字。终于，他打出了一行字："亲爱的，我得永远戒网戒聊，到一个不为人知的地方去了。"一种不祥的预感悄然掠过她的心空。她知道，一直以来，他都在用意志和命运抗争，但此时此刻，她又能说些什么？他说："亲爱的，我得下了，来生见！"随之《QQ 情缘》在她耳畔响起："为你哭，为你痛，为你爱伤悲；夜深了，天冷了，你要下线了；心酸了，心痛了，我悄悄落泪了。"她再也控制不住自己，彻底放下虚伪的矜持，泪流满面大声呼喊着：“亲爱的，别走，今晚我做你的新娘，好吗？”

然而，他的QQ形象终归在她的视线里渐渐灰暗下去，如同一只远飞的鸟，变得模糊而遥远，他再也没有在QQ上出现了。而在她的QQ个性签名档里，写着这样一句话：“有一种爱，注定一生只能在灵魂里默默守望，守望……”

即使时光不曾倒流

〉〉〉

一天，我的邮箱里意外地躺着一封精心打理的邮件，很温馨，很浪漫。明知是邂逅，但我还是没舍得把它删掉。里面有一句体贴的话："秋天了，小心着凉，记得加件衣裳哦。"秋风吹过，落叶飘零，打开邮件的那一刻，我心中漾起了暖意。

也许是生活太过平淡，太过寂寥，我随意回了两句："人海茫茫，谢谢你，给我的人生注入了一丝暖意。"两天后，我收到了回复，说很高兴认识我，希望从此有个说说知心话的朋友，并在邮件中附了网名和 QQ 号。从网名看，回复的是位女性。这以后的日子，我和她通过 QQ 有了频繁的交往。当我在生活中感到外在的压力和内在的困惑让精神快要崩溃了的时候，她说的"想哭就哭出来吧"这句话，击中了我心底最柔软的部分。就这样，聊天，发邮件，成了我日常生活中不可或缺的事情，生活的琐琐碎碎、心情的起起落落，成了我们相互倾诉的话题。虚拟网络上，我们关爱着。

琳是我的妻子，相识之初，我曾赞她人淡如菊。然而，婚后的一个时期，她在好友面前抱怨，说我学会了“偷懒”，懒得多看她一眼，懒得和她多争论一句。我呢，在上班、下班的节奏中消磨着时光，即使是双休日，也会到市图书馆打发时间。当然，这么忙碌不仅仅是缘于生存压力，而是我在极力避免回想一些幸福往事，因为我知道，想得再多，时光还是不能倒流。所以，到了晚上，我的最佳选择，就是上网。虽然琳对此颇有微词，但并没有多少反感。

也不知为什么，网络上的她总在不厌其烦地打探我和妻子之间的事情。她问的次数多了，对琳的那份歉疚和不安，就在我心底骚动。毕竟，曾几何时，我是深爱着琳的。于是，我抛开所谓的忙碌，空出些时间陪琳和儿子，和她相处，对她注意。渐渐的，我品出了琳对我的关心：我的身体，我的工作，甚至我的每一声叹息。于是，再在网上和她聊的时候，我的言语之中自然而然会出现琳的影子。我说琳总会在我需要的时候给我最需要的，不管是一杯热茶，还是一个拥抱。我也会在双休的时候，陪她和儿子去游乐园走走，或是去超市逛逛，然后找个小饭馆撮一顿。

随着时间的推移，虽然我仍然上网给她写信，同她聊天，但言语之中，对她已没有任何爱的表示。她呢，听我说琳的好处说多了，对我也一次比一次冷淡。就这样，一气之下，她如断了线的风筝，一去不返，杳无音讯。她的离去，让我如释重负，感觉里，没有一星半点的失落和沮丧。

是啊，当现实生活中的温情一点一滴回到我身边时，我没有理由不一步一步远离虚拟网络中的她。因为在我心底，虚拟的网络情缘，终究只是现实生活中一种温情的补偿。

而我并不知道，那个给我写信、同我聊天的她，就是琳。事实上，是琳，为了激活和拯救我和她日渐走入困境的幸福婚姻，才策划了那么一次网络上的邂逅。

一转身的爱

〉〉〉

在俗世生活的网络空间，女孩认识了在生活重压下有些疲惫的他。来来往往间，他品出了她与生俱来的清纯美丽；她呢，透过他的伤痛和悲愁，闻到了他身上春阳般温暖的气息。虚拟的网络空间，他和她之间，一份心灵的默契在悄然流淌。

一晃，过了一个阳春；一晃，逝去了满满一个年轮。

有一天，她对他说："我不属于这个世界，这个世界不属于我。我是天使，在尘世，只有一转身的时间。"

他相信她是天使。在他心目中，她本来就是爱的天使。他唯一不相信的，就是她在尘世，只有一转身的时间。

一天，聊着聊着，她说："我得走了。"说话间，一道星光划过，眨眼之间，她就离去了，回到了属于她的世界。

只一刹那，让他痴迷的爱情便悄然远去。属于他的爱情，在天使转身之后，打下了一个难解的死结。

他的生命陷入了僵局，在虚拟空间里，他只能每天挂着QQ等她。他相信，总有一天，她会在他的QQ中闪现。他更相信，只要心跳不止，爱，就不会泯灭。他固守在那份美丽的爱恋里，在心底复述着她和他在QQ上的海誓山盟。

终于，一个叫云的女孩闯进了他的QQ。她不是他的天使，却一遍又一遍不厌其烦地同他打招呼。自天使离去后，在日月轮回中沉默着的他，不得不在心里佩服这个陌生女孩的耐性。

一遍又一遍的问好之后，她说："你的心情不好，是吗？不然，为什么你对我的发问，没半点反应？"

这行字出现在QQ上的一刹那，他感到心中的伤痛无意中被撕开了，鲜血在汩汩流淌。他站起身，将身子探出窗外，深深地呼吸了一下午夜窗外清新的空气。然后坐回电脑前，平静地敲出两个字："谢谢！"

"就没有其他可说的吗？" 她说。

他没有回答，他心中只有天使，他想象着同天使一起老去，一起牵着手在夕阳下闲散地走着的样子。

看着他明明灭灭的QQ头像，叫云的女孩流泪了，她看出了他的伤悲。

好长时间，他叹了口气，对云说："我爱着天使，你知道吗？天使一转身就走了，她已经把我的心给带走了。"

云说："真的有天使吗？天使是有翅膀的，你看见她的翅膀了吗？”

“当然，我的心就是被她的翅膀带走的，她的翅膀像一道星光。”他肯定地点了点头。

“是吗？”云说，“她的翅膀有那么亮丽吗？”

“是啊，因为天使，我的生命才有了希望，有了依托，有了一线生机。失去天使，属于我的日子注定是不能挨到最后的。”

“天使的爱对你这样重要吗？你难道没有想过要从她的爱中走出来？”

“是的，很重要。如果没有天使的爱，我的生命就失去了快乐的机缘。为了追寻她的爱，我会在静默中离开这个世界。”

云惊诧于他对天使的爱的执着。她终于明白，在这个物欲的世界，在这个人心纷扰的世界，依然有纯粹的内心，在一刻不停地流淌着清澈的爱情。

为了让天使找到来路，他将自己亮在QQ中。敲出一行字：“等着你，我的天使，用这一辈子。”不再说话。

天空一样蔚蓝的那行字，让云的泪水悄悄滑落，泪水滑落的刹那，一道炫目的星光划过。云抿了抿双唇，将一声感叹藏在了心中。

云去的时候，留下一句话：“为了你的爱，你的天使，很快就会飞回来的。”

他不知道，云就是那个天使。他更不知道，天使那一转身的爱，在尘世间，就是无法重来的一生一世。

请别说爱我

〉〉〉

菊萍和刘东是在网上认识的，一来二去，熟悉了，便加了各自的 QQ。那晚，菊萍打开电脑后，便将 QQ 挂上了。不一会儿，有敲门声，是刘东。菊萍正闲着，便抛去一个微笑着的心情符。刘东应了。菊萍话多，刘东话也不少。二位率性之人，坦诚相对，没半点网络上的虚伪。

时深日久，刘东该说的都说了，连自己的隐情都不例外。菊萍呢，在情感的一隅，已经放不下他了，几天不见他上线，心里头就闷得慌。她每天一打开电脑就将 QQ 挂上，总希望能见到刘东。只有在看不见的网络中，在刘东面前，她才可以撒撒野，使使小性子，在现实生活中，菊萍是找不到倾诉对象的。

久而久之，菊萍对刘东产生了特别的亲近感。在网上，刘东常被菊萍弄得哭笑不得；菊萍呢，常常孩子般高兴得手舞足蹈。刘东以他的宽厚和包容，宠着菊萍。就这样，菊萍对刘东有了割舍不下的依恋。在 QQ 上一日不见刘东，菊萍便会六神无主、手足无措、食不甘味，做什么都心不在焉；一见到刘东，就会惊喜莫名、脸红心热，那是初恋时才有过的感觉呢。

一天，菊萍按捺不住对刘东说："能和你通会儿话吗？"刘东说："有什么不能的。"当即就将 QQ 电话接通了。

"喂！"电话那头传来刘东的声音，那个声音在菊萍耳边响起的时候，她的感觉是那么美妙。那一刻，菊萍真的很激动，甚至有些语无伦次。菊萍说："给你唱支歌吧！"刘东在那头"嗯"了一声，听菊萍在他耳边轻轻唱了起来："一路上有你，苦一点也愿意，就算是为了分离与我相遇；一路上有你，痛一点也愿意，就算这辈子注定要和你分离……"她唱不下去了，泪水决堤般涌出来，在 QQ 电话那头，刘东清晰地听见她的抽泣声。

刘东并不知道，在每一个日日夜夜，她想着他，念着他。可是，她也知道，他和她注定不能长相厮守。虽然可以发短信，上 QQ，但一切的一切只能加深她心底无穷尽的思念。此时此刻，她再也抑制不住汹涌的感情潮水，无所顾忌地哭了起来。

而这一刻，刘东没说什么，就听她哭。虽然刘东也有将她庇护在自己温暖宽阔怀抱里的闪念，但他终究身不由己，帮不了她，他只能任由她哭。刘东明白，这种虚拟的恋情可以存在，但现实生活中，他和她是不可能在一起的。刘东知道她对他的好，但他最终还是委婉地打消菊萍的念头，真诚地说，不要在网上爱我。

虚幻的网络并非一味地不可信。菊萍相信，人世间有真情，网络上也不例外。但最后她还是记住了刘东说的话，不要在网络中投入太多的真情，并说太单纯太善良太执着太率真的人，总有一天，会在吃亏上当受欺负之后远离网络的。刘东的话是真诚的，这份真诚让菊萍为自己找到了退路。

菊萍和刘东仍然保持着 QQ 联系，只是爆发的激情变成了悠长的友情，彼此之间少了困扰，多了宁静，少了因情而生的非分之想，多了相望相守的坦然从容。一切的一切，又回归了原有的模式，一如鸟儿的翅膀，以梦一般的美丽，飞过湛蓝的天空，了无痕迹。

爱的力量

〉〉〉

爱着而不被爱，被爱而不爱，应该说都是令人沮丧的。一生相守、彼此相爱是两性情感所能达到的最佳境界。

哲和霞的相识纯属偶然。那天，在地铁车站，霞没带零钱，偏偏换币机出了毛病，生性腼腆的霞站在那儿不知如何是好。在旁边售票机上取卡的哲见她焦急的神情，顺嘴问："到哪儿？"霞应了一声。哲便将几枚硬币投入售票机内，取出卡递至霞的手中。就这样，一张小小的地铁卡在他们之间架设起了一道爱的桥梁。

哲生长在农村，几经拼搏才进入这座城市的一所名校就读；霞自小就生活在这座城市，在优裕的环境中长大。虽然哲和霞的生活背景截然不同，但他们是如此年轻，如此富有才情，因而在一个纯粹的偶然之后他们便无拘无束地相爱了。爱是美丽的。这份美丽就像一枝鲜活的玫瑰，灿然开放在他们心中，开放在他们生命里。

哲修完硕士课程，怀着无与伦比的幸福携霞步入了婚姻城堡。都说城外的人想冲进去，城里的人想冲出来。也许，对于绝大多数的人来说婚姻生活正是这样。但哲和霞的城堡是一座温馨的城堡，婚姻让他们心灵相通、情感相拥，他们的生活因爱而忘我，因爱而辉煌。

霞在一家电视台做节目主持人，结婚之前，因工作原因，霞难得早起一次，也没有吃早餐的习惯。自搬进她和哲精心营造的新家之后，虽然霞所从事的工作没变，但她每天总是在哲之前轻手轻脚起床，精心烹制好早点。哲每次品尝着霞精心烹制的早餐时，总显得特别有神采，好像品尝的不是霞的手艺，而是一份与生俱来的幸福。

生活中，哲和霞是一对充满情趣的恩爱夫妻；事业上，他们是一对满腔热忱的知心伴侣。他们在畅饮生活的琼浆玉液的同时，勤勉为人，踏实做事，将事业的风帆高高扬起。

然而，在他们的事业如日中天的时候，发生了一起重大的工程事故，这次事故造成了极大的经济损失。作为这项工程的技术人员之一，哲被牵涉其中。

突如其来的打击，使霞猝不及防，她一下子从幸福的巅峰跌落下来，虽然她感觉自己苍老了许多，但她并没有被击倒，她觉得这样的时候哲一定极其颓废和感伤。无疑，在这样的非常时期，哲更需要她的关爱和理解。她清楚地记得，哲被暂押前的一些时日，总是一副冥思苦想的样子。她问他的时候，哲显得很茫然，说："技术上不应该存在问题啊！"

与男人比较，女人在关键问题上显得细腻而敏感。霞想，也许哲根本就没有什么过错，这项工程事故背后可能隐藏着什么问题，自己一定要想方设法弄清事情的真相。霞这时已有孕在身，但她顾不得这些，她围绕这项工程做了大量的调查，她意识到，在这场事故背后，隐藏的是贪污腐败。因为公正和正义的存在，工程事故调查组的工作终能由浅入深。正是在这样的时候，霞恰到好处地为他们提供了极其珍贵的第一手材料。

那天，哲走出囚室，霞腆着大肚子迎了上去，也许是因为过度劳累，也许是因为过于兴奋，两双手牵在一起的一刹那，霞一声轻唤便昏倒在了哲的怀里。

霞被推入急救室的时候，哲泪如雨下，不能自禁。哲知道，霞为他付出了太多。霞被推出急救室的时候，医师对哲说："你妻子因过度劳累等原因早产，孩子顺利出生了，大人也算是捡回了一条性命。"

哲握着霞的手，为她轻拭眼角的泪痕，此时此刻，哲觉得妻子的脸是如此莹洁美丽，她让他感受到了一种地老天荒的情感，一种天长地久的爱意。虽然，命运之神已经跟他开了一个不小的玩笑，或许，人生的路途还会有更多意想不到的挫折和磨难，但只要有她在身边，他便觉得前景依然光明而灿烂。

在生死相依、彼此相爱的两个人的世界里，爱的力量总是强大的，当灾难、贫困、疾病、死亡如箭般射向爱的城堡时，它们总是来势汹汹，但最后注定以失败的方式垂落。

只要你一个眼神，我便看到幸福

〉〉〉

办公室人来人往的环境中，唯一能传达爱意的，是他和她的眼神。那是他们对桌而坐时，动情的、亲昵的、别人无从察觉的爱的语言。一种看似空灵却又细腻无比的接触，先是缔结了友情，而后升华为爱情，或许，这就是前缘。后来，他和她结婚了。婚后的日子和谐、优雅而有情调。

她很有才干，自己也没料到在人生路途上会这么顺畅，每一次机遇都被她抓住了。别人戏说她是考试系的高才生，她淡淡一笑。的确，因为考试，她在仕途上一步一个台阶，短短几年时间就坐到了副厅的位置上，暗地里她自己都佩服自己。当然，因为曾经有爱，她有时也想，是他给她带来了好运。虽然他也在不断进步，但和她比起来，他的进步确实太慢了。他固然也是一个百里挑一的男人，但在她的面前也只能自叹弗如。

她走马上任进了省城，他留守原地工作，他们过起了两地分居的寂寞日子。天长日久，激情淡化了，和谐垮塌了，情调消散了。因所处位置的变化，她觉得他的男儿气概明显削减，再也没有从前那样俏皮幽默了，她情感的一隅不免泛起涩涩的滋味。见他在她面前低眉顺眼的样子，她着着实实为他难过。

以前他和她是平等的，而现在，他觉得在她面前他永远只有仰视的份儿了，即使这仅仅是心理上的，但这份心理上的感觉实实在在！他试图恢复以往的心理感觉，一见面，便有意无意摆开大男人的架子，和她真真假假闹出一些别扭来。也许是因为虚荣，也许是因为世俗，一气再气之后她再也没有心思理他了。

此后的日子，她一味地洒脱，他一味地逍遥，情感的链条眼见就扣不拢了。

终于有一天，她和他走进了从前经常相聚的地方，吃诀别餐。像往常一样，他们对桌坐下来的时候，两个人你看看我，我瞅瞅你，眼神不由自主就缠在一起了，一刹那唤醒了他们相处以来所有熟悉的感觉。他脑海里一幕一幕都是他和她当初坐同一个办公室共事时的情景；她看着他，感觉也像回到了从前。她眼睛一热，他心头一热，结就解开了。

谁又能说得清楚呢？在他们决定分手的关键时刻，因为双方对桌而坐时，看似迷茫实则细腻的眼神，两颗心还是深情款款地缠绵在一起了。

如纸飘散的恋情

〉〉〉

在这座陌生的城市，玉洁能够在茫茫人海中迂回曲折地找到雨林，只有一个理由，那就是：爱。

虽然，在迫不得已的情况下，他选择了放弃，但和她四目相对时，他的心跳还是骤然加剧起来。她说：“林，你还好吗？”像以往一样，她语调柔柔的。她看他时，目光清澈、温暖、甜蜜，好像他原本就是清清楚楚地放在她生命中的糖和盐一样。他呢，对她的爱虽然不曾削减，但他清醒地知道，她只是一个属于他的青涩的梦。

此刻，他身在异乡，心中乍然想起的，是另一个女孩，那个叫青红的，一直以来恋他爱他的女孩，在他一个人漂泊到这座城市之前，他和她的血液已溶在一起了。此刻，询问他的玉洁依然让他感觉亲切、熟稔，他没有理由不想起以往和玉洁共同走过的美好日月。多少次，他热切地拥抱过她，她的美丽，她的聪颖，她的温柔，让他如痴如醉。但有一点，他和她始终固守着最后的分寸。而青红，那个不管不顾地将一切都交给了他的女孩，让他在和玉洁相处时，在心之一隅筑下了不可逾越的屏障。事实上，玉洁对雨林的爱如果从来没有动摇过，青红是难得有机会介入雨林的生命的。

玉洁并不知道会到这一步。她更不知道到这一步，是她写给他的信造成的。那个阴郁的冬天，她来信表明，迫于家庭压力，她只能选择和他断绝来往。看到这封信时，雨林迷茫的感觉里，不仅仅是失去了一整个春天，而是觉得自己失去了整个世界。是啊，苦心经营了三年之久的爱情，他尝到了酸中的甜，苦中的乐。拥有她，他是幸福的、感恩的。虽然她的父母因为他的工作处境，坚决彻底地反对她和他来往，甚至在大庭广众之下给他难堪，但她一直以来坚定地和他站在一起。有一次，她甚至当着所有竭力反对她与他来往的家人的面，无怨无悔地对他说：“我永远属于你。”

然而，这封信告诉他，在强大的家庭压力面前，玉洁终归还是屈服了，无力坚守自己的诺言了。那些日子，属于他的天空在阴郁中塌陷，他陷在凄清迷茫的日子里，苦不堪言。恰在这个时候，另一座城市一直单恋着他的青红，并不知道他有心上人的青红，出乎意料地大胆地向他表露了爱的心迹。就这样，他从那段绝望的爱情中走出来，不假思索地走进了另一段平平淡淡的爱情。

然而，玉洁并不知道这些。更让雨林意想不到的是，她那封信，是在闺中密友的怂恿谋划下，不计后果地写出来的。当时她也觉得没什么，不就是考验考验雨林，试试他的承受力如何吗？然而，这封信寄出以后，她左等右等，全然没有了雨林的消息，她当然不相信雨林会那么决绝，一封信就可以让他不再理她。没见到雨林前，她也在人前笑着骂过雨林，说他这个人怎么就这样没心没肺，这么长时间也不给一点音讯。期间，她给他写过信，可还是没得到半点回音。

一晃过去了几个月，在C城街头，闲逛的玉洁遇见了雨林。她这才知道，雨林几个月前已办理了调动，从乡村调到C城工作了。见到他，她什么事也没发生一样，一味责怪他来C城这么长时间，为什么不告诉她一声。言语中，她感到委屈，但更多的是欢喜。雨林呢，心底虽然偶尔会泛起一丝丝的痛，但痛过之后他有了别样的清醒，面对玉洁，他不再是以前的雨林了。

从在C城见到雨林的那一天起，玉洁一有空就来找雨林，对雨林的爱一如从前。在青红和玉洁之间，雨林是清醒的，面对玉洁的爱，他不忍心对她说什么，总是任由她来去。他病了，她来照顾他；他烦了，她来安慰他。对这样一种没有结局的相处，他的内心是压抑的，他不知道能够坚持多久。

他害怕回到过去的感觉之中，虽然玉洁伤过他，不管是有意还是无意，但他从心底一直是爱着她的。正因为这样，他才不愿意让这份爱延伸下去。为了青红，也为了她的幸福，他打算离开这座城市，但他一直是犹豫的，不舍的。直到有一天，青红来C城见他，玉洁恰巧在他那里。两个女孩一见面，明显的敌意就挂在了脸上，她们约出门去说了些什么，他并不知道。但透过窗户，他看见玉洁是哭着离去的。因为这件事，他彻底打定了主意，辞去了C城的工作，只身来到了D城。在D城，他凭着自己有一技之长，很快找到一份工作，安顿了下来。

他以为这样，玉洁会忘记他，会完全彻底放下他。可是在一个飘雪的晚上，她还是找上门来了，他怎么也没有想到。尽管玉洁在风雪中瑟缩着，对他却没有半点怨怼，还是像从前那样轻言细语地问寒问暖，百般温柔地待他。

她问他怎么了，是不是她有什么让他伤心了，为什么一声不吭就离开了C城，这些日子，她一直在打听他的下落呢。

雪地上的光芒映着她疲累的容颜，他真不知说什么好。但他知道，如果不将话说开，也许对她的伤害会越来越深。他只得一咬牙，豁出去说起了她写给他的那封信，他说他那些日子不知怎样走过来的，在最需要得到安慰的时候，青红填补了他情感的空白，她和他已经走到一起了。最后，他如释重负，说那封信他一直揣着。

看着雨林递过来的那封信，玉洁怔怔地站在那儿，泪眼蒙眬，半晌才说了一句话："真没想到，你的爱情比纸还脆弱。"她将那封信拿在手上，一点一点地撕得粉碎，伴随飘飞的雪花抛撒在寒冷的湖水之中。

雨林不知自己是怎样走回来的，那一刻，他不光觉得爱情是如此的脆弱，也觉得生命像撕碎的信笺，轻飘飘的。他爱她，她也爱他，但拥有爱，又能怎么样呢？他和她终归只能各奔东西了。造物弄人啊，到底谁的爱情脆弱如纸呢？他怎么也弄不明白。

自那个飘雪的冬天之后，她和他再也没有相见过。情感这东西，错过就错过了，飘散就飘散了，捡是捡不回来的。就这样，他和她，最终没能握住生命中至美至纯的初恋。

伤心情人梅

〉〉〉

米格到邻城办事，蓦然想起认识的一个人来。也是事有凑巧，在他想着她的时候，她就真的在他的视线中出现了。她叫杨梅，和他共过事，只是时间不长。他认识她之后一直唤她梅子，因为资历的原因，她一直唤他米格老师。后来，他们就职的单位出现了一些问题，他们便各寻出路，分开了。

分开后，梅子给他写过爱意绵绵的信，一星期两至三封，坚持了一年之久。她这样做，是因为她真心爱他。可是他对她好像没感觉，这也不怪他，那时他正热恋着一个人，叫云儿，是很不错的一位姑娘。这件事，梅子不是不知道。但爱情这事儿就是有点怪，一旦上了心，就怎么也放不下了。因为心中有他，所以梅子并不在乎米格心中是不是装着别人。

米格在路上撞见梅子的时候，梅子身边有个女伴。米格喊了声“梅子”，梅子一听声音就定定地站住了。梅子脸色绯红，说：“米格老师，是你呀，有时间上我家坐啊。”米格一笑：“我正办事咧。”碍于边上有人，梅子再没说什么，拉起女伴走远了。

那天晚上，不知出于一种什么心境，米格还是去了杨梅家。他去的时候买了些礼物，其中有两包“情人梅”。杨梅见到米格，还是喊了声“米格老师”。米格和梅子及家人一起聊了一会儿，就起身告辞了。米格起身的时候，特地将两包“情人梅”取出来塞到了梅子手中。

米格当时是无心的，在他看来，大凡女孩子都喜欢吃杨梅，所以特地将“情人梅”取出来交给她。可梅子不那么想，因为她心中一直装着米格，何况是米格亲手送给她的“情人梅”。梅子独享了两包“情人梅”，虽然以前也常吃，但这两包“情人梅”让她嚼出了一生中前所未有的滋味。

因为两包“情人梅”，这以后，梅子常常会不由自主地想起米格。可是，有云儿的爱，米格一直当她作妹子，对她没什么特别的表示。时深日久，梅子的心里就泛起了莫可名状的酸楚，但又总在一回回的失望后心怀希望。

米格有了云儿的爱，便没有半点其他的念想。可是有一天，不知为什么，云儿就不理米格了，还特地给米格写了一封信，让他彻底忘了她。米格找不出她这样做的理由，他找过她几次，但她就是不见他。

这以后的一些时日，情绪低落的米格会偶尔想起爱他恋他的梅子。最迷茫的日子，米格收到了梅子的来信，信中夹着两张“情人梅”塑料包装纸，信的内容呢，还像从前那样剪不断理还乱。

人在遭受意外的打击时，感情是最为脆弱的。这样的时候，往往会做出坚决的别样的选择。米格想起梅子对他的一片痴情，想着云儿意想不到的薄情，泪水不由得就模糊了双眼。

就这样，在极短的时间内，米格牵着梅子的手走进了婚姻城堡。

米格怎么也没有想到，一年后，云儿离开了尘世。不知出于什么原因，梅子硬是拉着他去参加了她的葬礼。他从别人那里知道，云儿是得了不治之症才离去的。

一次偶然，米格在梅子的收藏中竟看到了云儿写给梅子的一封信。原来云儿早已知道梅子对米格的情感，她在一次体检中知道自己患了绝症，在世上的时间不多了，她说米格是个好男人，自己无缘和他白头偕老了，希望梅子好好爱他，就算是帮她完成一桩心愿，并要求梅子不要将这件事告诉米格。

读着这封信，米格泪流满面，他看到最后的落款日期，正是云儿要和他诀别的那一天。他怎么也没想到事情会是这样。

应云儿的要求，梅子一直隐瞒着这件事。但米格不这么想，他觉得是梅子夺走了云儿生命时光中最后的幸福。一气之下，他背起行囊，头也不回地走出了梅了的视线。

转眼几年过去了，梅子的孩子都上了小学，他的神采和米格没什么两样。梅子别无所求，将所有的爱放在了他的身上。米格呢，也在另一座城市扎下了根。一天，他吃着办公室同事出差带回来的杨梅，不由得就想起了痴心的梅子，想起了那两张夹在信笺中的包装纸。他知道，他的心可以回去，但他的人再也回不去了。他也知道，梅子并没有错，她一直那么执拗地爱他，她执着的爱，就像杨梅的味道那样可以让人久久回味。

如果你的记忆里，还有我的样子

〉〉〉

这是一家不起眼的茶舍。自从再次见到她，很多个双休日，他都要走进这家茶舍小坐。每次来，他总是要一杯茶，静静地，在茶舍的一角默默品读着柜台后那一剪他生命中最熟稔的身影。

又逢双休，这是他生命中一个特别的日子，他一如往常走进了飘着茶香的茶舍。这一次，他穿戴得比往常庄重。

“您好！欢迎光临！”美丽的女店主在吧台后热情地招呼着。

他迎面走去，在吧台前找个位子坐了下来，友善地对女店主点了点头，说：“我要一杯苦丁茶。”

“好的，就来。”女店主微笑着，开始熟练地烫壶泡茶。他坐在那儿看着女店主流畅自如的动作，露出着迷的神情。没多久，女店主便将一杯苦丁茶轻轻地放到了他的面前。

“谢谢。”他端起杯子，浅浅啜了一口。

女店主盯着他看了好一会儿，说：“看着你挺面熟的，经常来我这儿，是吧？你看我这家茶店还行吗？”

“不错！雅致而有情调。”

“我也这么认为，虽然生意清淡了点，但我没有关掉它的念头。”

“嗯……”他盯着她无名指上的婚戒，认同地点了点头。

片刻的停顿后，他问：“可以请教你一个问题吗？”

“什么问题呢？”女店主露出好奇的神情。

“怎么说好呢？”他挠着头，一副无从说起的样子，“或者，你可以先听听我的故事？”

女店主点了点头，示意他继续说下去。

“二十年前，我有一位相处得很好的女友，我第一眼见到她，就有一股魔力推着我，一个声音告诉我，就是她了！她就是我生命中期待着的女孩。我和她之间的感情很融洽，顺顺当当地到了谈婚论嫁的程度。然而……”

“发生了什么事了吗？” 女店主显然被他的讲述吸引住了，打断了他的话。

“嗯……”他一脸凝重，略微停顿了一下，接着说，“我忘了幸福的背后，往往藏匿着难以预期的不幸。就在我们即将举行婚礼的前几天，一场突如其来的地震，将她压在了废墟下面。”

“啊——”女店主惊愕得张开了双唇。

说话间，他露出凄然迷茫的神色，手颤抖着，茶水在杯子中激荡。

“后来怎样呢？”女店主小心地为他加了些茶水，拍了拍他的手背。

“她的脑部受了重创，幸运的是，抢救及时，没有生命之忧。只是好长时间处于昏迷状态，医生说，她极有可能成为植物人。”

女店主急切地问：“后来，她醒了吗？”

“醒了，我去看她时，却被医生拦在了门外。医生说，‘你得暂时回避一下。她失去了记忆，失去了认识你以后的记忆。这种选择性失忆症，不能受一点刺激，一旦你出现在她面前，她就有可能因为受到刺激而再度陷入昏迷。’”

“医生说得有道理，反正只是暂时的，等她的情绪和身体都稳定了，你不是又可以见她了吗？”女店主听了他的话后，平静地说。

他凄然一笑，笑意中有不尽的苍凉：“你知道医生说的暂时是多久吗？二十年啊！也就是说，这二十年，就是偶尔在路上同她碰面，也要装作陌生人一般和她擦肩而过。”他情绪有些激动，“你知道这样的日子多难熬吗？你知道爱着却又不能爱的心情有多痛苦吗？”

“虽然会很痛苦，但你还是选择了回避，是吧！”女店主看着他，眼神变得异常温柔。

女店主的眼神让他冷静了下来，他点了点头：“嗯，时至今日，整整二十年了！”

“这样啊，你努力撑了二十年，今天终于可以去见她了，是吧！”女店主开心地说。

“没错！二十年了，我的心意没有改变，但是她呢？她已经结婚了！你说我该怎么办？”他迷蒙地看着眼前的女店主，静静地等着她的答复。

“嗯……”女店主用手支着下巴，脸色凝重地想着他所提的问题。

“如果她已经结婚了，你就放弃吧。要知道，结了婚的女人，大多是渴望安定安宁的。”

“是吗？”他低下头，一脸落寞地陷入了沉思。

“老板娘，上茶！” 闪身进来几位快乐的年轻人，将他从沉思中惊醒。

女店主起身去招呼客人时，很真诚地看了他一眼，说：“我看还是放下的好。”

流行而抒情的音乐在茶舍回荡着，他起身离去的那一刻，目光定格在他熟稔的女店主的背影上，鼻头一酸，一滴咸涩的泪，悄悄地，滑入了那杯香消色淡的苦丁茶水里。

Chapter 02 第二辑

至少我们还努力去爱

亲爱的，请用双臂抱紧我

〉〉〉

看过影片《泰坦尼克号》的人，都知道影片讲述了杰克和罗丝的爱情故事，他们之间的爱情真挚、浪漫，感天动地。影片主题曲深入人心："每一夜，梦里见到你、感觉你，我知道你没有远离；穿越千里万里，来到我的身边，告诉我，你没有远去。无论咫尺天涯，我深信这颗心永不移。你再次打开我的心扉，珍藏在我的心里，我心永相伴着你……" 可以这样说，心中有爱的人，身体可以不在人世间，但真爱却是永生的。

以上爱情故事是不是虚构的，不得而知。事实上，著名的"泰坦尼克号"于 1912 年 4 月 15 日在北大西洋撞到冰山沉没的最后时刻，出现过让人难以忘怀的一幕：船上其他人各自逃生，而乐师们却在尽心演奏悦耳的音乐，那首著名乐曲的名称就叫《亲爱的，请用双臂抱紧我》，同影片中缠绵悱恻的爱情故事融合得恰到好处。

令人惊奇的是，沉没在北大西洋底下的那一纸著名乐谱，在沉睡了近百年之后，竟被完好无损地打捞上来了。据说这一纸乐谱之所以得以完好保存，全是淤泥覆盖的功劳。但在我的感觉里，那是天意，上苍之所以将这最后的美丽着意收藏起来，是对船上乐师们在生命的最后关头，忽略自身存在、忘情演奏的一种褒奖和纪念。

品读那一纸乐谱的标题《亲爱的，请用双臂抱紧我》，足以让人心头为之震颤，也足以让一个人贫弱的想象变得丰富。一声“亲爱的”，饱含着多少曼妙的、缠绵的、难舍难分的人间深情啊！而那声“请用双臂抱紧我”，正说明一个爱着的人也需要拥有被拥抱、被温暖、被关怀的感觉，如果失去了这种感觉，生命也就少了许多内涵，少了许多精彩。

这种拥抱意味着什么？拥抱爱情？拥抱生活？还是拥抱命运？对不同的人来说，感受自然不同。但有一点是共同的，那就是爱的感觉。乐师们固然也有一己心爱，但他们在生命的最后关头表现出来的爱，是一种大爱，一种旷世之爱，一种平静之爱，一种无欲之爱。他们用爱包裹着生命，用内心的深情浇铸着人生之爱的化境。

一个人，在知道生命终将远离尘世的时候，有了爱，有了这样真挚缠绵音乐的深情拥抱，也许不再企求什么了，因为那个时候，即使是汹涌如涛的心境，也会在这样一种拥抱里变得安宁、笃实、平静。

住在音乐里的爱

〉〉〉

汉诺威的一个酒吧，勃拉姆斯置身喧哗的人群里，用音乐体悟着人生百态，在或欢乐或悲伤或喜泣或痛哭的氛围中，人世间的悲欢离合淋漓尽致地融入到了他的音乐之中。他新结识的朋友，著名小提琴演奏家约阿希姆静静地坐在酒吧一角，默默地听着这个酒吧乐师绝妙的演奏，在心底发出了由衷感慨：“又将升起一颗新星。”从无限灵动的钢琴声中，他仿佛看见儿时镇上节日的舞蹈，又仿佛听见街坊小镇熟悉的乡音。

时过不久，也就是 1853 年 9 月 30 日，在约阿希姆的引荐下，20 岁的勃拉姆斯拜见了著名作曲家、音乐评论家舒曼。应舒曼的热情邀请，勃拉姆斯在客厅中摆放着的钢琴前坐了下来，自由的十指在琴键上跳动，空气中洋溢着生活的激情。这让舒曼想起了自己的从前，想起了自己新婚时为克拉拉创作的曲子——那经过

11 个月之久的诉讼成功获得的爱情，曾奏响了自己整个生命。舒曼越来越激动，大声叫道：“克拉拉，快到客厅来！”克拉拉·舒曼走进客厅的时候，勃拉姆斯停了下来，舒曼兴奋地说：“克拉拉，你听见没有？听见这位年轻人的音乐了吗？”“我听见了，美妙的声音将我深深吸引了。”克拉拉声音柔和优美。勃拉姆斯抬起头来，看见克拉拉正微笑地注视着自己，一缕金色的阳光洒在克拉拉的额头上，蔚蓝的眼睛温和明亮，一丝爱恋从勃拉姆斯心底升起，那是来自田野的清风，浓郁醉人；那是海上明月，宁静致远；是诗歌，是梦幻曲，美轮美奂。

这年克拉拉 34 岁。自这次见到克拉拉后，勃拉姆斯一直为她魂牵梦萦。翌年，舒曼由于受到精神疾病的折磨，投莱茵河自尽被救，之后一直受病痛折磨。这样的时候，勃拉姆斯陪伴在克拉拉的身边，竭尽心力帮助她照料舒曼和他们的 7 个孩子，放弃了许多出名和赚钱的机会。这期间，勃拉姆斯和克拉拉除了交流音乐、谈及舒曼的病情外，对个人感情，只字未提。

1856 年，年仅 46 岁的舒曼病重去世。虽然勃拉姆斯内心深爱着克拉拉，但想到如同父兄的老师舒曼，那一年，他还是毅然决然选择了离开，决定与克拉拉永不相见，隔绝自己的爱恋。正如诗中写到的一样：“世界上最遥远的距离，不是明明知道彼此相爱，却不能在一起；而是明明无法抵挡这股想念，却不得不用自己冷漠的心，对爱你的人，掘了一条无法跨越的沟渠。”之后的日子，他无数次给克拉拉写情书，却始终没有寄出过。因为爱，他一生所创作的每一份乐谱手稿，都寄给了克拉拉；因为爱，勃拉姆斯一生未婚。

一直默默思念着勃拉姆斯的克拉拉，知道自己的生命快走到了尽头，在 77 岁的一天，她亲自到书店为勃拉姆斯精心挑选了一份生日礼物——贝多芬的《月光》。礼物寄出十三天后，克拉拉去世。生日礼物与克拉拉去世的电报同时到达瑞士。急着赶回法兰克福的勃拉姆斯甚至来不及看清车牌，就踏上了相反方向的列车，因为这个原因，63 岁的勃拉姆斯经过整整两天两夜才回到法兰克福。

天苍苍，野茫茫，勃拉姆斯一个人孤独地站在克拉拉墓前，将小提琴架在肩上，拉着一首哀伤的小提琴曲，同时在心里演奏着花了二十年时间为献给克拉拉而作的《C 小调钢琴四重奏》，倾诉着 43 年的情愫与 43 年的思念。11 个月后，孤独的勃拉姆斯带着对克拉拉的爱，住进了永远属于他的灵动而灵性的音乐世界。

爱的月光

〉〉〉

有月亮的夜晚，月光总能带给人许多想象。贝多芬写于 1801 年的钢琴奏鸣曲《月光曲》，带给人的想象则更为丰满。这首奏鸣曲之所以被称为“月光”，据说是因为德国诗人路德维希·莱尔什塔勃称此曲第一乐章“犹如在瑞士琉森湖月光闪烁的湖面上摇荡的小舟一般”。关于此曲还有另一说法，说是贝多芬给一对盲人兄妹演奏钢琴时，风将蜡烛吹灭了，当时月光静静地洒落在那间贫寒的小屋里，洒在沉寂的钢琴和三个人的身上。有感此情此景，贝多芬即兴创作了“月光”奏鸣曲。

事实上，完成这部作品的那一年，贝多芬充满着对耳疾的恐惧，但他在给一位朋友的信中还是镇静地写道：“我现在正过着一种愉快的生活，这种改变是一个爱我，也为我所爱的迷人的女孩带来的……”他所说的女孩就是 17 岁的朱丽叶塔，是贝多芬的钢琴学生，她正是贝多芬《月光曲》的灵感来源。在当时的社会背景下，作为贵族儿女的朱丽叶塔，绝难和没有社会地位的贫苦的音乐人结婚。因为这个原因，贝多芬终于没能和心目中可爱的迷人的朱丽叶塔走到一起。

《月光曲》的情感其实就是贝多芬最深切的爱的情感，其表现力极其丰富。第一乐章有冥想的柔情，悲伤的吟诵，也有阴郁的预感。第二乐章较短小，它以迥然不同的轻快表情将第一乐章的沉思默想和第三乐章的紧张气氛完美地衔接在一起。李斯特形容这个乐章为“两道深渊之间的一朵花”，它的美无与伦比。第三乐章有热情的不可遏制的沸腾和煽动性，激烈、狂怒、奔放，像是从心底里发出来的申诉，乐曲尾部以斩钉截铁的节奏，表现了热烈的情感和坚强的意志。尾声中，沸腾的热情达到顶点，突然沉寂下来，那是一种汹涌澎湃后不同凡响的沉寂。

记得电影《永恒的爱人》就以传记的形式描写过贝多芬一生。贯穿在整个影片中的《月光曲》，带着它的柔情蜜意，带着它的高潮和震撼，带着它急促的呼吸和突兀的平静，听起来就像一部恋曲，一部以悲情为主的恋曲。那里显现出来的爱的思念，爱的惆怅，爱的诗情画意，应该说，是尘世之间能看见月亮的人都能感觉得到的。《月光曲》所代表的正是尘世之爱的光芒，它永远散发着“但愿人长久，千里共婵娟”的缠绵意蕴。

快乐的颜色

〉〉〉

有一对老人，他们相亲相爱，虽然儿孙成群，但他们独自生活着。男的说："唯君怜我。"女的说："唯君我怜。"在他们的人生旅途上，在他们的生命中，彼此烙印着这样一句话："我是不喷岩浆的活火山，只要你心中有火焰，就能感觉到我的存在。"

男的 81 岁那一年，说："我还想修改我的遗嘱，加上：我将笑着迎接黑的美。"早在五年前，男的就对女的说过："我们的日子不多了，我们要比任何时候过得更甜蜜，让我们的生活笼罩在快乐的色彩里。但最好是让我先离开你。"他们热爱生命，倾情于生活的色彩，但也能平静地对待光阴的消逝。为了给彼方以精神的支柱，他们才开始和生命较真，开始半认真半玩笑地抽签命运。男的说："以前我总想当然应该我先走，现在你病得那么重，怎么着我也要活下去，好让你在最痛苦的时候，最后的时刻，也能笑着睡在我的怀里，我要把你抱起来……”应该说，谁先去，都将带走对方生命中的色彩，毫无疑问那是残酷的。于是女的逗他说：“要抱就抱稳了，别不小心将我掉在冰冷的地面上，那样我可不饶你。”

在黄昏的夕照里，在儿孙们为生活奔波的时候，她总是亲昵地在他耳边喃喃私语：“不要难过，我不会离开你，我在你的身边。”这样的时候，男的眼角就会涌出快乐的泪花，他会对她说：“我的宝贝，我永远需要你。”然后，他用他未老的灵感为她吟咏出美丽的诗句：

在你身边，倾听淅沥的雨声由近而远。从指尖出发的舞蹈，擂响尘封的心音。旋律，填满距离，心，啄开月光，舒展丰盈的羽翼。在生活的绿地上，我奢望拼此一生，为你添加生命的颜色。一只青鸟，透过画满阳光的小窗，殷勤探看。在你身边，寻觅某种承诺。青青的苔草，在阳光匆忙的脚步里，向我们呈现的，又怎能不是快乐的颜色……

这一对深爱着的老人，他们理解生活，磨合岁月，他们的生活又怎能不充满快乐的颜色。

那些忧伤的爱情

〉〉〉

爱情，出现在生活中时，一端是快乐美丽，另一端是寂寞忧伤。忧伤，是浸泡在爱情之中的原色。无论如何，爱情是逃不过忧伤的。

《牡丹亭》里有这么一句：“情不知从何起，一往而深，生者可以为之死，死者可以为之生，生而不能死，死而不能生者，皆非情之所至也。”这句话述说的，正是人类之爱所蕴含的千古忧伤。爱情，是回荡在心灵深处的歌声，它可以将一个深爱着的人托向幸福的巅峰；也可以教一颗痴爱执拗的心，一点一滴地零落破碎。

尘世之间，该有多少爱情充盈着美丽忧伤啊！

曾经，在英国伦敦一座名叫滑铁卢的桥上，一段美丽、哀婉、动人的爱情故事在炮火轰鸣中悄悄地开始。年轻的高级军官和芭蕾舞演员在桥头相遇的一瞬，伟大的爱情萌发了。在两个人前往教堂结婚的路上，他们才得知了彼此的名字。这种闪电般成熟起来的爱情，竟可以让一个人因爱对方而献出了所有，让另一个人把这份爱永远地藏在了心里。这是《魂断蓝桥》中，罗伊和玛亚的爱情。玛亚之死，让美丽的爱情失却了长相厮守的章节，却让这份挚爱变得忧伤而不朽。

四百多年前，莎士比亚笔下，罗密欧与朱丽叶的爱情，超越了一切，包括门第、地位、家族偏见，等等。剧情高潮处让人唏嘘不已：答应救助朱丽叶的劳伦斯神父，给了朱丽叶一瓶药水，这瓶药水喝下去后会昏睡几天，下葬后，事先得到通知的罗密欧就会前来将她带走。但是神父未能及时将消息通知罗密欧，罗密欧因悲伤过度，自尽而亡。朱丽叶醒来时，罗密欧再也不能醒来，朱丽叶遂以死殉情，赶赴天国找寻永恒的爱情。这一幕，在四百多年前维多利亚时代的城市剧场，曾经让全场鸦雀无声。可以说，罗密欧与朱丽叶是因爱情而不是因误会而失去生命的。这对因爱而殉情的男女，将爱的美丽和忧伤演绎到了极致。

天上一如人间，爱的忧伤无处不在。

听过维纳斯和阿都奈斯的爱情吗？这是古希腊的一个爱情神话。天庭之上，神界之中，维纳斯爱上了美少年阿都奈斯，而美少年阿都奈斯对自己所产生的爱，比维纳斯对他的爱更为浓郁。阿都奈斯沉浸在对自身的狂热之爱中，维纳斯对他的炽热的爱因此备受冷落。面对无动于衷、铁石心肠的阿都奈斯，忘情的维纳斯用尽了一切办法，包括情欲，也未能打动阿都奈斯的心。爱着，炽烈地爱着，却得不到任何回应，不能不说是维纳斯的悲哀。身为爱情之神，做到这个份儿上，她的落寞忧伤也就可想而知了。

爱情是太过美好的东西，越是美好的东西，越容易给心灵带来忧郁和伤痛，深入记忆和灵魂。烟花会灭，笙歌会停，日月流转，光阴似箭。当凡俗的爱情在岁月长河中无声消逝时，伟大而忧伤的爱情却永无终点。

假如有一天我不在了，请记得我是爱你的

〉〉〉

这是让我动容、教我震撼的一个故事，它如此执拗地在我心头百转千回，萦绕不去。

男主人公叫阿杰，女主人公叫云妮，他们是大学同学。毕业前的一天，阿杰拿出仅有的一点钱，买了一束玫瑰，送给云妮，对云妮说："这一束玫瑰，代表我的心，你收下吧。"就这样，阿杰和云妮相恋了。这以后的日子，他们分分秒秒沉浸在恋爱的幸福和甜蜜中。

大学毕业后，不知什么原因，云妮渐渐疏远了阿杰，阿杰很难见她一面。再后来听说云妮获得了去国外发展的机会。临别时，云妮对阿杰说："我们都是现实中人，最难得的是机遇，有这样的机会，我可不愿错过。再说，若像你现在这样，养活自己都难，很难想象我们走到一起会是怎样一种情形。"云妮走后，阿杰四

处求职，期间发过广告，做过钟点工，跑过销售，每一项工作都很卖力。

许多年过去了，阿杰学会了捕捉生活中的良机，在摸爬滚打中锻造出超强的开拓能力，拥有了自己的公司。他有钱了，可是他心里一直念念不忘美丽的初恋情人——云妮。

一天，阿杰开车外出办事，在一处荒僻的郊区，他看见雨中有两个熟悉的背影，那是云妮的父母，于是决定跟着他们，想让他们看看自己并不是没出息的人。阿杰一路慢慢开着车跟着他们。到了目的地，眼前的情景让阿杰心头一紧。这是一处公墓，他看到了云妮，她的照片嵌在墓碑之中，露出他熟悉的笑容。墓旁空地上，撒落着一片片枯萎了的玫瑰花瓣，被雨打湿后，显得忧郁、落寞而哀伤。

从云妮的父母那里得知，云妮不是去了国外，而是查出了癌症。知道自己得了癌症后，她不想拖累阿杰，便找了个借口与他断了来往。云妮希望阿杰出人头地，拥有一个温暖的家，才虚构了自己的去向。她说她了解阿杰，认为他一定会成功。还说如果有一天阿杰有缘到墓地看她，让他带几枝玫瑰来吧，她在天堂祝福他。

跪在云妮的墓前，阿杰泪眼模糊。雨一直连绵地下着，淋湿了阿杰的衣衫，也清晰了阿杰的记忆。他想起多年前云妮对他的好，想起她纯真烂漫的笑脸，心头又怎会没有绵延不绝的哀愁？

一份真实情感的背后，总有那么多无奈而善意的谎言，一旦真相大白，才知道人世间的情感原本可以这样安然豁达。人们常说大爱无言，真情无悔。一如云妮，即使面对死亡，也没有将爱放下，而是永无怨悔、尽心竭力地去激励所爱的人，营造自己的梦想，构筑幸福的天堂。

没有什么能阻挡相爱

〉〉〉

遇到他之前，她是孤独的。她曾经有过婚姻，但没有爱情。她有一双蓝色的大眼睛，一头弯曲的黑发，皮肤白皙，容貌漂亮。但她是忧伤的。

她一个人生活在一座花园别墅里。虽然身边有为数众多的仆人，但主人和仆人之间永远存在着一道不可逾越的鸿沟。她有友人，友情却不能代替亲情。她有无数的崇拜者，但他们崇拜的却只是她在银幕上留下的青春丽影。她有几辈子都用不尽的财富，财富却不能给她带来快乐。她日复一日挣扎在孤独寂寞之中。

为了排解无穷尽的寂寞孤独，她只身出游。在中国北京，一家名不见经传的小饭店，她遇见了他。一番简短的交谈后，她便认定他就是她的梦中情人。相识后的第二天，她就走进了他简陋的家——一间租住的仅有十余平方米的小屋。从第一次交谈她就知道，他是一个漂在北京靠码字过日子的落魄文人。

她渴望真情，一开始就丝毫没顾忌过他的贫富贵贱，她只管把自己火一般的感情，尽情地抛洒在他的身上。他被她炽热的爱情燃烧着，蓦然发现，他原本也是可以深深地爱上一个人的。就在这间十余平方米的小屋子里，他和她从彼此的身上发现了生命的真谛，得到了生而为人最大的快乐。

后来，他随她去了美国，才知道她是好莱坞有名的女影星。虽然没有举行婚礼，但他们在一起亲密地生活了十多年。他是一个自强的男人，这十多年，他靠不懈努力，拥有了一份不错的工作。后来这位好莱坞女影星因癌症晚期卧床不起，他便辞去了工作，在医院日日夜夜陪伴着她。

她去世的前几个星期，提出要和他结为夫妻，他并不知道她这样做是为什么，因为一直以来，不管是她还是他，都觉得婚姻只是一种形式，爱和关怀才是彼此相依的真谛。他是爱她的，从内心他早就接受了她，在她生命的最后日子里，能满足她，就是他最大的幸福。就这样，他们顺理成章在医院举行了婚礼。

她辞世后，律师将她的遗嘱和财产清单交给了他。从遗嘱和财产清单上，他看见，他的名字，包裹在财产清单上一个刻意镶嵌的心形图案中。那一刻，他唯一的选择只能是泪流满面。

当我从背后拥抱你

〉〉〉

她爱上他了。有了爱，所有的虚拟开始变得真实。一见面，她对他必是拥抱加热吻。除此之外，她对他说："我喜欢你从背后突然抱住我，那样的拥抱让人有一种莫可名状的幸福感。如果有一枝玫瑰从身后伸至我的面前，我会因幸福而眩晕。"

也许，寻求浪漫温馨原本就是人生的真谛或梦想。正常的男人女人，一生之中不可能没有爱的追寻。她说你看过《泰坦尼克号》吗？杰克和罗丝站在船头，波涛涌着，海风吹着，音乐响着，杰克从后面拥抱着罗丝，罗丝快乐幸福地张开双臂的场景，是一幅多么浪漫多么温馨的画面，定格在多少世俗男女的心中啊。他当然明白，人性的浪漫，真的就浓缩在那样一幅画面之中了。

可是，即使是在虚拟状态下，他也是漫不经心的。他说有爱就行了，为什么非得拥抱？你不嫌烦我还嫌烦呢，拥抱对你就那么重要吗？他说过这些后，她气得好半天没有说话，极为不满地抛来无数个愤怒的表情。他赔了个笑脸过去，勉强拥抱了她一下。她说你怎么就这样没情调啊！可不管怎样，她还是爱他的，每次见到他，她都会以一种虚拟的动作从身后抱住他。但他不知道，在爱情之外，得到他身后的拥抱一直是她的一份渴盼啊。

一个来自生活中的故事，让他彻底明白她为什么总希望他从背后拥抱她。那是一对夫妻的故事：丈夫和妻子因一些琐事生气，争吵了一阵后，两人都余怒未消。愤懑中，他穿衣、穿鞋，打开了房门。就在他开门的瞬间，妻子跑过来，从背后抱住了他。妻子的双手紧紧环在他的腰间，整张脸埋在他背上，没有别的话，没有别的动作，只有眼泪在流着，浸湿了他的衣衫。这背后的拥抱，让他再也无法挪动脚步，他感到了妻子的祈求，妻子的无助。他的脊背慢慢由僵硬变得柔软，最后终于叹了口气，转过身来，握住妻子的手，将妻子揽在了怀中。

故事结束有这么一句话：当男人从背后拥抱自己的女人时，对女人来说是温馨和甜蜜；当女人从背后拥抱自己的男人时，对女人来说是无声的祈求，对男人来说则是心的复归和宁静。

这以后，他和她见面的第一件事，就是从身后拥抱她。他发现，这背后的拥抱给她增添的是活力，是聪颖，是美丽……背后的拥抱在相爱的人之间，也许是一件平常不过的事，但只有真正理解了它的蕴含，才可能在这份特别的爱的交流中达成爱的至美和爱的和谐。

浪漫，总有退潮的时候

〉〉〉

记忆中，属于我的最浪漫的事，发生在十六七岁年华。那年春天，几个要好的同伴一起出门游玩，不巧山中遇雨，大家把仅有的一件雨衣推来让去，最后索性都抛开了雨衣，让春雨湿了衣衫。在憧憬文学的年纪，一群少男少女在春雨霏霏中淋着雨，一起背诵所有熟悉的和雨有关的诗词，空阔的山谷里，童稚的回音一声一声响起。这份纯粹和浪漫在以后的年月里再难闪现。当年一起淋雨的朋友早已星散，生活在各个角落，他们还会记得那个春天的山谷吗？

结婚成家后，更少有浪漫了。但记得有一次，出差到一个海滨城市，子夜时分，月色很好，我独自坐在海边听涛，忽然就想到了妻子，便取出手机给妻子打了个电话。电话接通的时候，妻子在那头睡意蒙眬。我在电话这头从海边月色讲到自己正把玩着一颗斑斓的石子坐在一块岩石上，然后说：“给你听听海涛的声响，听得到吗？”出差回家，进门坐下来，妻一脸甜蜜地对我说：“你的那个电话，让我找到了浪漫温馨的感觉。”

另有一次，朋友举办一个聚会。在那儿，一个沉浸在失恋痛楚中的女孩，喝了点酒，有了点醉意，在人群中默默品咂着很近又很远的热闹。无意间的一个转身，我的目光同她的目光交汇在一起。

“借你的肩膀靠一靠。”女孩大胆地对我说。我愣了一下，大度地点了点头。那一瞬，旁边的朋友看到了。聚会结束后，朋友将这一段讲给我的同事听，所有的人都认为这应该是一个浪漫故事的开头。有人在一旁诡异地笑：“后来呢？”我扫了他一眼，平静地说：“没有后来。”“怎么会没有后来？”我说：“没有后来就是没有后来，不需要有什么原因。”

事实上，没有后来，才具有浪漫的成因。若真有了后来，就会滋生无数不浪漫的细节。这正是多数人认为自己正在进行的事情不配称之为最浪漫的事的原因，最浪漫的事常常在回忆的感慨之中。

浪漫是一件没有后来的事，在多数情形下，它只是一种瞬间感受，倏忽而来，飘然而去，现实中的人对此都想得通透。没有人敢肯定，在《泰坦尼克号》中，如果罗丝和杰克都活着，他们可以相爱到老。这份理性的判断难免令人失落，正因为理性的存在，浪漫才会离成人的生活越来越远。

浪漫，总有退潮的时候。随着岁月的更迭交替，所有浪漫的感觉倏忽之间就渐去渐远了，取而代之的是相拥的温暖，这份温暖，虽然不如往日的浪漫那么激动人心，但细密厚实，让人感觉实在而甜美。

至少我们还努力去爱

〉〉〉

他和她结婚十多年了，十多年的时间可以让两个素不相识的人亲密无间，也足以葬送一份浓烈的感情。结婚之初，他们还经常拌嘴皮子，在吵吵闹闹中品味感情裂变带来的震撼。时间一长，便累了，倦了，淡了，有谁心情不愉快，另一半就会知趣地走开。

不知什么时候，俩人开始同床异梦，只是相互之间从来没有说出来而已。心情好的时候，也会在同一张床上双目交汇，莞尔一笑，然后伸出手来，拍拍对方的手或面颊，再然后稍稍亲热一下。一个是疏于表达的男人，一个是时时刻刻渴望被重视的女人，尘世间很多男女在这一点上常常是背道而驰的，说不清楚他们是爱还是不爱，但最起码他和她还因为某种牵绊在同一屋檐下可以生活下去。

在感情沦落的边缘，她开始做出种种努力，希望能把这个家庭维持下去。他出门的时候，她常常堵在门口不让他走，她顽皮地笑，笑容里的孩子气却并不那么自然。他呢，先是看着她，然后拉她到胸前，闻闻她的发香，在她的头上轻抚几下，拍拍她的肩膀，再然后一步跨出房门，常常是不出一声。她转过身，看着他离去的身影，脸上顽皮的笑容黯淡下来，慢慢显露出几分沮丧和无奈。

她也想过离开，每次下定决心一去不回的时候，他会放下所有的事情，一门心思死死地抱住她，让她寸步难行。他们僵持着，他额头青筋直露，两眼如刚喝过酒一样通红，让她觉得他心中不会没有她。于是，她泪流满面地掰开他的手，喘着气，软软地坐在了客厅的沙发上……

有人说，两个人在一起感觉不幸福的时候，大抵都是因为心灵太过平静，找不到一点心动的感觉。其实，两人世界多多少少都存在着一些裂痕。有那么一点裂痕并没有什么，只要真心实意去弥补，多一些灵性，多一分幽默，就一定有完全黏到一起的机会；如果有了裂痕不管不顾，听之任之，任其发展，就会形成更大的沟壑，势必走向无法逾越的那一天。

生命的美丽和哀愁

〉〉〉

在乡村公路上我目睹了这样一幕。

那是个风和日丽的午后，绿树掩映的公路两旁，成群的鸟雀在绿叶间啁啾呢喃，游玩嬉戏。它们一会儿飞上树梢头恣意眺望，一会儿落在公路上寻觅食物，享受着生命的快乐和悠闲，它们美丽的身形，在和风丽日中显得益发炫目抢眼。公路上，汽车来往穿梭，宁静的日子因此而显得喧腾而生动。

这样祥和而富有生机的时候，谁能料到，会有灾难发生呢？那一刻，身旁呼啸而过的一辆汽车，将一团黑影搅了起来，然后将它搁在了阳光普照的路面上。我知道，那是一只美丽的鸟儿，它鲜活的生命就在这一刹那结束了。

那又是怎样的一种不幸——就在那辆汽车呼啸而去的瞬间，另一只鸟儿——一定是地上那只鸟儿的情侣——从树上俯冲下来，哀鸣着站在了它的身边，然后用它的喙，轻轻梳理着地上那只再也没有知觉的鸟儿的羽毛，它仿佛只愿相信，它的爱侣只是暂时睡去了。

又一辆汽车飞奔而来，卷起风尘，它哀鸣着飞到了一边。风卷过，地上的鸟儿翻动了一下，仿佛要起飞的样子。哀鸣的鸟儿看到了，精神为之一振，风尘未尽之时，它子弹出膛般，又一次飞到了地上的鸟儿的身边，它一边挪移着脚步，一边情深意切地啁啾着、呢喃着。

然而，地上的鸟儿再也听不到它的呢喃，它的哀切。它开始急切地在它的身旁踱步，过了一会儿，它振着双翅，一次又一次，试图用它的爪、它的喙，它的所有力量，将地上的鸟儿抓举起来，然而，它做不到。它急躁哀切地守在它的身旁，大张着嘴巴失声哀鸣着，似乎在不间断地发问："到底怎么啦？为何还不起来？到底怎么啦？为何还不起来？……"

一辆又一辆汽车经过，它一次次飞起又一次次急切地落下。旁边有很多鸟儿飞翔着，鸣叫着，似乎在告诉它，地上的鸟儿再也飞不起来了。然而，它依然抱着希望在那里飞起又落下。

有人走过来，将那只再也不能飞翔的鸟儿挪到了路旁。那个好心人，是在担心那只在它身旁飞起又落下的鸟儿再一次发生意外呢！

我离开的时候，那只伤心至极的鸟儿依然守在那儿，它的哀鸣声，渐去渐远，渐微渐弱。夜幕低垂，四野静寂，我不知道，那只美丽而哀伤的鸟儿，能不能平安穿越这夜的寂暗，走过生命的劫难，度过生命的严冬。

形影不离的鸭子

〉〉〉

闲来无事，岳父买了两只小鸭子，在家中饲养。上帝的眼睛一眨巴，就注定了两只鸭子的缘分。

在岳父的精心喂养下，两只鸭子眼看就长大了。白天相依相伴，晚上交颈而眠，日复一日耳鬓厮磨，它们成了一对形影不离的伴侣。

岳父住在楼房上层，所以属于鸭子的天地并不广阔。好在岳父并不是个讲究的人，他一个人在家的时候，就尽可能给它们一些自由，让它们有机会在走廊、在客厅自由走动。

鸭子有一些什么想法，我们当然无法知道。但在我眼里，这两只鸭子极容易满足。它们每天重复着自己的生活，快乐无比。它们悠闲地嬉戏、散步、休息，享受着岳父给予它们的食物，没有半点倦怠的情绪。

它们平淡单调地厮守着。在岳父眼里，虽然它们不懂人情世故，但它们相依相爱的样子，它们的吃相，它们欢乐的叫声，它们的步态……足以调剂生活，排解寂寞。

有一回，岳父必须出门一些时日，他想到的第一件事就是要带上自己的鸭子。幸运的鸭子，平生有了唯一一次出门的机会，它们同岳父一道乘车来到了另一座城市我舅兄的住处。

鸭子被安顿下来时，已饿了整整一天。傍晚舅兄喂食回来说：“鸭子可怜啊，一见到人来，就伸长脖子凄厉地叫，看到食物后，急不可待，狼吞虎咽，真叫人心痛。”说罢舅兄学鸭子的样，表现了一下鸭子的情态。岳父说：“那情形可以想象，鸭子和人其实是一样的。”

几天后，鸭子随岳父回到了原来蜗居的地方。也许是因为水土不服，也许是因为旅途颠簸，有一只鸭子回来后就病恹恹的了，没几天便香消玉殒。剩下一只鸭子，形单影只，那份孤独是可以看得出来的。

自从那只鸭子离去后，这只鸭子便不吃不喝了。眼看着消瘦下来，只剩下皮包骨了。终于有一天，它静静地躺在那只鸭子消殒时睡过的地方，再也没有起来。

“鸭子和人其实是一样的。”是啊，大凡生命都遵循同样的道理，不光生理需求上有一样的感受，其实感情上的需要也没有什么两样。

只是我们更适合默默守望

〉〉〉

他住进医院的时候，脸色苍白，憔悴不堪。穿着医护服装的她忙碌在围着他的人群之中。

围着他的人多而杂，她是个不起眼的人，扎在人堆里绝不会有人注意。一开始，我并没有在意她，当然更不知道她是个爱脸红的女人。只是觉得她对他很好，可以说是亲密，但她不是他的妻子。他的妻子，一开始我就知道是哪一位了，是那个在医生给他量血压时，为他挽起袖子的女人；为他量体温时，用手捂着他额头的女人。其实亲情是很容易看出来的。而她却有些拘谨有些矜持地站在一旁，帮助喊人或是递些东西什么的，或是默默地站在那儿看着他苍白憔悴的脸。

他的病情经过两天的治疗，有了明显的好转，他的妻子回家打理家务事去了。打着点滴的时候，他就拿出手机拨号。不大一会儿，就听见她的脚步声近了，每次都是这样。进门时，因为走得急，她带着轻微的喘息。她第一次独自一人款步来到他床前的时候，我一眼就瞅出来了，她和他曾经相爱过。她是个爱脸红的女人，她来到病房，站在他的床前，说不上几句话，不经意间脸上就挂起了一抹红晕。这一抹红晕印证了她和他曾经是一对恋人。

纷扰的尘世间，凡俗的生活中，有缘相爱，无缘在一起白头偕老，这是常有的事。曾经真心相爱的人，总是在再见之日，四目相对之时，多出了几分压制的同时，也多出了几分淡定从容。

她每次来到之后，站在他床前陪他散漫地闲聊，聊他的病情，聊他的事业，聊他曾经的辉煌，聊他如今有些艰难的生活……说着说着她就有些难过，说着说着就过去了一两个小时。从她和他交流的情态看得出，他们之间是真挚坦诚的。常常可以感觉到在那么一个闪念之间，她和他心底会荡漾起曾经的往事。虽然他们嘴里再也难得吐出一个爱字，虽然从外在的表现来看，她对他的关心只是出于一种正常的人性的关爱，但从她对他关怀体贴的程度和她为他的治疗做出努力的程度来看，那份情意，是远远胜于一般的情意的。

得不到的爱就是这样，永远都纠结在心，剪不断，理还乱。也许历经几十年，初时的激情可以化作现有的平静，一如鲜活的河流涌入了沉静的湖泊，我们看不透它有多深，即使在风过之时，所看到的也只是柔波之上泛出的些许轻澜。但脸颊上一刹那泛起的一抹红晕，依然可以说明，时间再长，日子再久，爱总是醒着的，不会一味地沉睡在岁月的深处。

爱是生命的收藏

〉〉〉

男人女人组成的小家天地里，男人爱收藏，女人也爱收藏。男人喜欢收藏古董、邮票以及各式各样稀奇古怪的东西。女人呢？跟所有爱美的女人一样，最珍爱的是衣服，她总是在商店一逛就是大半天，买了中意的衣服回家，挂在衣橱里，与此同时，也将一叶美丽的心情挂在缤纷的想象中了。

本来女人和男人衣食无忧，也很恩爱，可是因为醉心于各自的嗜好，无形之中，对彼此的关爱也就少了，不管一个人在家，还是两个人都在家，屋子里的气氛明显冷清了许多，既失去了初婚时的嘘寒问暖，更失去了相爱时的热烈浪漫。甚至，很长时间，他和她之间没有任何亲昵的举动了。一切的一切昭示着，他们之间的感觉疏远了，淡漠了。他看起来对她并不在乎，她呢，也无视他的存在。只是爱巢的外形还在，在别人眼里，男人女人之间的爱依旧是完美的，和谐的。

时间一长，只要有一根小小的引信被点着，该暴露出来的就暴露出来了。一天傍晚，下班回家的男人看到一向以做好家务为己任的女人待在电脑前昏天黑地地玩游戏，厨房里锅凉灶冷，一股怒气就涌上了心头：“娶了你，算我倒了八辈子霉！”女人冷冰冰的目光扫向男人，提高嗓门回了一声：“我才倒了八辈子霉呢！”就这样，男人女人之间撕开了一道诡异幽暗的裂缝。

吵是吵过了，他们终归没有到散的程度。男人照样捣弄他的收藏，女人照旧逛她的街，在凑合的氛围中，冷清的日子一天天度过。一次偶然，男人找一样东西，打开了女人的衣橱。在衣橱里，他发现了一套难得的藏书票。男人一张一张看下去，爱不释手。这时女人从外面回来了，站在他身后。令男人感到奇怪的是，女人逛了一天街，却没有买她珍爱的衣服，倒是买回了一套他心仪已久的名人碑帖。她一手将碑帖递过来，一手指着藏书票说：“知道你喜欢，都是给你买的。”刹那间，一股暖流涌遍了男人全身，男人一下子感激地抱住了曾经深爱的女人。

第二天，男人陪女人逛了一回街，在一家专卖店为女人买了她中意的衣服，还在其他地方为她买了一些漂亮的小饰品。男人说：“原谅我，我轻待你了。”女人挽着男人的臂膀，一脸羞涩，百般温柔。深藏的爱，就这样开始互动起来。

其实，爱，是生命中的收藏，不管是男人还是女人，只要身在红尘之中，就会心中有爱，如果看不见它的存在，是因为它藏着掖着，一旦因某种机缘被开启，它就会或热烈或温柔地展现出来。千丝万缕的爱，柔情万种的爱，永不言弃的爱，因为它的珍贵，才最易被收藏起来的啊。

爱与吻

〉〉〉

吻，是一加一等于二，二除二等于一，是两点间的最短距离；吻，是心的膨胀造成嘴的收缩，是正负电子的相互吸引；吻，是小孩的烦扰，年轻人的狂喜，老人的尊崇；吻，不合乎公共卫生习惯，但一个人的舌头放入另一个人口腔中时，会化合出绵绵不尽的爱意。当然，若是网络之吻，就只能是虚拟的一掷了。

吻的感觉融于爱的感受时，美不胜收，七彩纷呈。经典电影中的旷世之吻，总是那么曼妙、绚丽。离别、团聚、欢笑、悲伤……各有不同，却有着爱的同一基调。因为爱，才有吻的存在。吻让爱得以升华，吻使情深入心灵。毋庸置疑，在很多人心中，吻，是有情人之间的关卡。也就是说，有吻必有爱。

然而，在现代，吻的商业气息越来越浓，诸如接吻比赛之类的活动已让人见怪不怪，足见无爱之吻在与日俱增了。这也难怪，爱与吻原本不是一回事的，就像爱和喜欢不是一回事一样。如果是一回事的话，造词者就无须劳神费力将它们区分开了。

记得大卫在《爱与吻》一文中有写过这样的话：“两张越贴越近的脸，并不是因为爱情的向心力，而是风中的两片树叶，风来时，相依相偎，风过后，各自东西。若果如此，那么，又到哪里去找纯洁的吻，深情的吻，坚定不移的吻，一吻订终身的吻，不顾一切的吻，就此别过的吻……”在他看来，一个人对另一个人的吻，不应该是流水对落花的吻、浮云对树梢的吻，而应该是有着浓浓的情爱基础的。

事实上，无论是过去、现在还是将来，生命中最炫目最丰富的永远是情感矿藏。一个吻，就应该是一朵爱的浪花。无论是被理性思维包裹的人还是为感性思维左右的人，一旦沉浸在爱情海洋里，又怎能不沉浸在爱的浪花里？

我的知觉中，吻的存在，会让爱益发美丽，吻与爱和谐结合，才可以让生命的花朵，在养分充足的氛围中，热烈绽放，绚美燃烧，最终抵达炫目的境界。

是那一低头的温柔

〉〉〉

生活中的爱，常常产生于一个个微妙的细节中，这些微妙的细节，让平凡平淡的生活变得可资咀嚼、可资回味、亮丽多姿。

他是个灵性而充满活力的大学生，有一双明澈的眼睛。特别是在音乐声中，他的眼睛能随乐曲忧伤而忧伤、伴乐曲欢快而欢快。这双会说话的眼睛散发出的魅力，极能打动人心。一次音乐会，她碰巧和他坐在了一起，一不经心，她就陷入了他眼睛的陷阱之中。她望着他，被他察觉的一瞬，她不由得羞涩一笑。就这样，他和她开始了有生以来的第一次交谈。一个被吸引，一个被打动，等到他们停止谈话并回过神来，才发现音乐会已经散场，旁人早已离去。她离开的时候，一个转身，两条乌黑的长辫在他眼前甩出两条优美的弧线，留下一缕幽香。

另有一次在田径场上，他跑完万米比赛的全程，穿白色连衣裙的她微笑着递一条手帕给他擦汗。那一刻，一道金色的阳光照射着她，在她的黑发白裙边沿勾勒出金色的轮廓。刹那间，他感觉站在自己眼前的就是上天派来的一位天使。

还有一次在联欢会上，她穿一袭漂亮的藏袍，边唱边跳，妙不可言。一曲终了，片刻的寂静中，他突然从座位上一跃而起，忘情地鼓掌，引来无数惊诧的目光。接下来的谜语竞猜中，有一个谜底被他和她异口同声回答出来，双方意外而含笑地看向对方，品味着生命中难得的默契。片刻之后，两人才将含情对视的目光悄然移开。爱的潮水一次又一次在两个年轻人的心底奔突汹涌。

生活总是这样，在每一个打动人心的瞬间，营造永恒的情爱花朵。事实上，任何平淡的生活，都是爱的细节铺就的。很多时候，爱的过程就这么简单，一个眼神，一丝浅笑，一回忘情，一点默契，一缕幽香，一片轮廓……都可以让爱神驻足。岁月如歌，真爱如茶，也许，两性之爱在岁月的更迭交替中，会逐渐变得平淡，而这恰恰给懂得爱并倾心相爱的两个人，留下了细致的回味和甜蜜的追索。

Chapter 03 第三辑

总会有个人来爱你

记得当时年纪小，我爱谈天你爱笑

〉〉〉

那时，交通不便，为了见你一面，我骑着单车，一跑就是几十公里。见到你时，你笑意盈盈，眼波含情。可怎么也没想到，你脱口而出的一句话却是："车胎没气了。"

一天，天空飘着雪花，我们一起乘坐公共汽车，你紧紧握着我的手，我感觉我的手心在出汗。你说："我想靠在你身上。"我犹豫了一下，轻轻将你揽在胸前。你在我耳边柔情万千地说："无论天涯海角，我永远属于你。"那一刻，我的心颤动了一下，幸福的感觉无以言表。真希望汽车就这样开下去，直到永远。

寒气尚重的初春，你百里迢迢穿了裙子来看我，熟识的人见你这么冷的天就穿上了裙子，不免意外。但我明白，你只为我无意中说过的那句话："你穿那条蓝色碎花裙特个性，特漂亮。"

第一次给你写情书装错了信封，寄给你的情书到了报纸编辑手上，往报社投寄的散文到了你手中。情书被编辑修改后，变成情感随笔上了报纸副刊，而那篇散文呢，你说是一生之中收到的最独特的情书。

你的来信，信封上永远贴着卡通胶贴。因为这个原因，每次办公室一沓来函来信中，我甭看，只要用手一摸，就知道哪封信中装着你说给我的悄悄话。

你爱针织刺绣，无法相聚的那些日子，你总在没完没了地给我邮寄你的手艺。不管是谁，只要进了我的单身宿舍，总会眼前一亮，说："你那位的作品吧？真够心灵手巧的。"

我们刚开始一起逛街时，因为怕撞见熟人，彼此之间总是保持一定距离。终于有一天，一辆汽车带着尖锐的刹车声擦身而过，你一个激灵就挽住了我的臂膀。于是后来，只要我们出门，就一定会肩并肩，手挽手。

有一天晚上我喝了些酒，和你在广场水池边散步，猛然间，水池中央花坛里，一朵玫瑰撞入视野。醉意朦胧间，我将手伸了过去，哪知一头就栽进了水池里。然而，我却像进了游泳池一般，在水池游了一圈，然后将那朵玫瑰摘下来，爬出水池，郑重地把花献给你。那一夜，你是抱着那枝玫瑰入睡的。

那年夏日的一个休息日，酷热难当，我应邀去 B 镇画广告。你随我乘车至 B 镇后，众目睽睽之下，我在高大的广告牌上画广告，你便在下面递笔递颜料。一天下来，你的臂膀晒得黑红黑红的，隔天便掉了一层皮。但事后你对我说，这是你一生之中，最值得回味、值得显摆的人生经历。

忧伤而美丽的诗行

〉〉〉

林认识婵的时候，席慕蓉诗歌在流行，那时，林是很少读诗写诗的。意外的是，得以挽着婵的手走进婚姻殿堂，最终还是席慕蓉的一首诗促成的。

婵之前，林爱着惠，惠是冰清玉洁让人浮想联翩的美丽女孩。那时，林因她的快乐而快乐，因她的忧伤而忧伤。花前月下也好，形单影只也罢，属于林和她的每个日子，糅进的尽是相知相爱的甜蜜，那是一段鲜活的，让人怀恋的美丽时光。

然而，因为林差强人意的工作和生活环境，更因为门户之见，惠的母亲在林和惠之间掘开了一道不可逾越的沟壑，那份纯粹的爱，最终换来的只是无言的结局。

一个月色柔和的晚上，惠拥着林在林荫道上散步闲聊，怎么也没料到，惠的母亲突然之间就从树影中走了出来，不容分说就将她拽走了。虽然惠的身影消失在夜幕中时留下一句话：“我爱你，我永远属于你！”但这并不能消除林心头的疑虑，那一刻，林心头层叠着莫可名状、荡拂不开的哀愁。林意识到，如果自己的处境无法改变，这份爱已没有挽回的余地了。

很长一段时间，林听不到惠的半点消息。后来听朋友说，惠的母亲将她关在家里不让出门。直到那年秋天，惠上了大学，才开始给林来信，林和惠，只能以鸿雁传情的方式，持续着无望的爱情。然而，惠的母亲的阻挠，成为他们爱情生活中，一抹浓重的阴影。毫无疑问，这样的爱是压抑的。

惠毕业，意味着和林的恋情的终结。又是一个月色如银的夜晚，林随惠走在路上，惠忐忑地对林说：“我爱你，但妈妈养育了我，我不能伤她的心。”

那年冬天，林待在家中，没出门一步。新春来到的时候，惠一封潦草的来信，彻底将林推入了无爱的冰窖。就这样，在林的视线里，惠渐去渐远。那次分手，在林的生命中是一次铭心之痛。

在林失去生命激情，感觉生活日月无光，生命了无生机的时候，婵的一封信飞上了他的案头。

林收到婵的来信的时候，并没感到什么意外。在这之前，婵给林写过信，一封、两封，很多封。那时，林爱着惠，绝无他意，这一点，他在信中表达得清楚明白。他给婵的每一封回信，都含蓄而有分寸。尽管婵在信中一而再再而三地表达过她的爱情，但林还是一而再再而三地有心回避。因为这，好长一个时期，婵再没有给林写过信。伤心而绝望的婵一个人默默地哭过几回，最后将林没有一丝一毫爱的温度的回信统统烧毁了。即使这样，因为惠，林对婵还是心如铁石。

收到婵的来信的时候，林想，或许，这是她最后一封来信了。这样想着的时候，林的心境就有说不尽的悲凉。一刹那，就有了雪上加霜的感觉：林深爱着的惠，因她母亲的缘故离他而去了；婵呢，却因为他的拒绝而伤透了心。

林拆开信皮，展开信笺。这封信没有称呼，没有问候，散发着一丝丝清香的粉红信笺上，端端正正写着题为《禅意》的美丽而忧伤的诗行：

当一切都已过去，
我知道，
我会慢慢地将你忘记。
心上的重担卸落，
请你，请你原谅我。
生命原是要不断地受伤和不断地复原，
世界仍然是一个在温柔地等待我成熟的果园。
天这样蓝，树这样绿，
生活原来可以这样的安宁和美丽。

当时，林读席慕蓉的诗不多，并不知道这首诗是席慕蓉所写，潜意识中，林认定这首诗出自婵之手，因为这首诗是如此恰到好处地营造出了一种失落的氛围。此时此刻，林的感觉中，婵是个极品女孩，她彻悟般的诗行，分明透着挥之不去、无以言说的忧伤。而这份忧伤是他带给她的。林想，虽然自己心中布满伤痕，但无论如何也要让婵受伤的心复原。

此刻的林，情感深处充满饥渴，极希望得到爱的填充和补偿。就这样，在收到婵的来信后，林在一种失而复得的情态中给婵写了回信。回信中，一股脑儿把对惠的爱情倾泻在婵的身上。《禅意》的渲染，让林实实在在走进了婵的爱情。

林离开原有的凄苦的工作环境后，牵着婵的手走进了婚姻殿堂，过起了两地分居的小日子。每逢假日，或是婵到林身边，或是林赶到婵那里。在风尘仆仆中品尝着爱情的甜蜜，在忙忙碌碌中学会怎样去固守、去面对平淡的生活。

婵是耐得住寂寞的人，受再大的委屈，对林也没有半句怨言。她的一言一行、一举一动让林感觉到，婵沉静中透着美丽。一转眼，林和婵的婚姻走过了十五个年头，从婚姻研究专家的角度来看，即从象牙婚进入水晶婚了。在日月交替中，林和婵的婚姻生活由淡渐浓，由浓入深，所有爱的点滴被时间雕琢得日益真切，日益圆润起来，虽说不是晶莹剔透，却也是浑然一体，密不可分了。

回味生命中的《禅意》，林就觉得，他和婵的缘分是一份禅意，婵是上天赐予他的忧伤而美丽的诗行。

我想牵着你的手，从现在走到以后

〉〉〉

她怀里揣着一份写了很久的绝交信，但她还是期望与他再见一面。因为世俗的原因，在与他相爱的日子里，两颗心受着煎熬。迫于外在无形的压力，她不得不提出分手。可是，她真心爱他。正因为真心爱他，所以才希望他的生命中不会出现任何阴影。此时此刻，她觉得自己是个含泪的刀客，不得不狠心斩断这团情爱的乱麻。

这是个雪落无声的夜晚，他接到她冰冷的电话，说有封信要交给他。正是这个电话，使他觉得这座城市闪烁的霓虹、喧腾的人声失去了往日的诗情画意，给他一种纷繁而压抑的悲哀。

她来了，他随她上了一辆公交车。若是以往，必是她雀跃在他左右，挽着他的臂膀，同他亲昵，同他说笑。然而今天，即便夜幕笼罩着，即便窗外飘着寒意盎然的雪花，在车厢内，他和她之间依然保持着那么一段距离。他过电影般回顾着与她相爱的全过程，虽然有那么一些闲言碎语一度撞痛过他的心，可他一直像呵护薄胎瓷器一样呵护她，当她为白头偕老的生死恋人，他怎么也没料到，结局会是这样。

这段路一下子就变得如此悠长，让他万般失落。他不轻言放弃，她却视同游戏。他不敢想象，一段美丽时光消逝后也有阴影，一片痴情的驻足会是故作姿态，一张烂漫笑脸后会隐匿着心灵瑕疵。他感到了生命支撑的垮塌和灵魂躁动的不安。

到站的时候，他神情木然随她下了车。她差不多走完所有的斑马线了，他却在路中间茫然而行。一阵急促的刹车声让她回过头来，在她抓住他的手拉开他的一刹那，那辆车擦着他的脚后跟滑了过去。

这一刹那让他木然的神经复苏，让他感知她心中情爱的火焰依然在燃烧。他和她相牵的手再也没有松开，随后他把她紧紧地拥在怀里。

其实，她来的时候，那份写了很久的信已成了纷飞的雪片，她相信他的执着和真情，而这一刻，她感觉她得到了。

他想，如果不是她伸出的手，真正含泪的刀客是他而不是她。他之所以险些成为含泪的刀客，是因为他心底多少怂恿了世俗的风沙。

总会有个人来爱你

〉〉〉

二十年前，他参加工作不久，薪水很少。微薄的薪水不仅要维持他自身的生活，还得挪出相当一部分补贴一个九口之家的日常开支，上有年迈体弱的祖父祖母和身体状况一天不如一天的父母双亲，下有尚在念书的弟弟妹妹，他生活的节俭有目共睹。但他过得很充实、很快乐。

那时，他二十出头，因为家庭条件的限制，他压根就没想过爱情这码事儿。就在他的生活平静如水的时候，一道情感的光亮照彻了他的生活，美妙的爱情如天使的翅膀悠然而至。她美丽大方，善解人意，是个百里挑一的好姑娘。她爱他什么，也许并不重要，但是她和他真的相爱了。那是一种朴实纯真的爱情，和现代爱情比起来，它显得含蓄内敛，止乎于礼却温柔入骨。

他和她以心相许的那一年，出现了难得一见的日食，他和她都目睹了。偏有这样的巧合，之后的日子，属于他和她的美丽而温暖的情爱天空，不知怎么着就反反复复地阴沉起来。也许，这是他的过错，谁叫他那么穷呢。有一次，他、她及她的一个好友坐同一辆公车，他摸遍口袋竟掏不出为她们买车票的钱。还有一次，他有心去看她，中午到一家简易饭馆吃饭，一点也不主动，最后让她付了账。更为可气的是，有一次他说请她看电影，她也很有兴致，可是走了好长时间的路，他却没有去影院的意思，尽编一些瞎话来搪塞她，直到电影散场，他才嬉笑着摸着脑袋说："我没带钱呢！"

因为一而再再而三地出现她想都没想过的意外，她情感的一隅不免有些波动。她过去只知道他的家境不是很好，他是个孝顺的儿子，但没想到一切会是这样。也恰恰在这个时候，她的家人出面干涉她和他的事，态度很坚决。迫于压力，她犹犹豫豫地提出了分手。他呢，能够正视自己的生活处境，明白犹犹豫豫的感情绝不会有什么结果，便在还没有拥她入怀的时候，拿出快刀斩乱麻的勇气，结束了这段纯粹的情感故事。

不久，另一个女孩爱上了他，他不知道自己的魅力在哪里，只知道自己所处的环境没变，他的家境一样困窘。同以往一样，他陪她的时候买根冰棍都得犹豫一下，但他们的感情却很融洽。这个女孩后来就成了他的妻子。

他是从穷困中长大的，虽然他知道，苦难是人生的营养，但回头看看自己走过的路，他又隐隐地觉得，苦难虽然可以让一个人深深地理解和珍视幸福，但贫穷却可以让本可以属于一个人的幸福无端地失去。

二十年后，他悟出了这样一个道理：人，在穷困潦倒时，爱情可能就是奢侈品。但不管怎样，生而为人，只要有活力、有奋斗的锐气、有成败的理念，就总会有一个人来爱你，伴你走完悠长而短暂的一生。人生失去的，不能说不美好；但最终得到的，却可以让一个人倾尽一生心力，付出所有，无怨无悔。

抚过额头的手掌

〉〉〉

光和影在脸上流动、跃迁、变化。微熏的气息，缓缓地温上鼻尖，抚过额头，隐入发丝。朦胧中，微风的手掌轻柔地抚过她的额头，一切的一切开始焕发生机，活力从树梢头迸发出来，春天出现在封闭已久的冬日的窗口。有如童话里徐徐开启的美丽城堡，永远存留在她的想象中。

一种前所未有的清爽感觉，从被触摸的地方开始，传遍了她的全身，她沐浴在一种境界里，生活的疲累消退得干干净净、无影无踪，她兴奋得发出幸福的轻叹。

这一切，缘于他走进了她的生活，缘于他在她陷入沮丧甚至绝望时，那双伸向她额头的手掌。他和她相处的每一天，又如何用时间的分分秒秒去度量。

他让她眼里闪烁出一种叫爱情的火焰。第一个月，她爱上了他。

第二个月，她想要他爱上她。第三个月，正是因为他爱她，所以要救她。第四个月，为救她，他不能不远离她。第五个月，她的不信任终于伤害了他，他决定不再理她。第六个月，她有危险，他还是回到她身边。第七个月，她终于听到他说——爱她。后来，她因为他的爱过上了常人一样的生活，平静而美好。

再后来，岁月的风霜染白了他和她的黑发，他和她都老了。一个偶然的机会，他读到了她年轻时为他写的一首诗："幸福，不是虚假的诺言，幸福是——当你跌倒了，他急切拽你的手臂；当你病倒了，他轻抚你额头的手掌；当你郁闷了，他温柔体贴的话语；当你出门了，他时时刻刻的牵挂……"

生命的叶子终归要凋落，最美是在深秋的夜里凋落，抚过山川，抚过河流，抚过写满沧桑的额头。在缘分的那头他挥挥手，先她而去了，如一滴夜露静静渗入干涸的泥土。他是就着橘黄的灯光，读着那首诗走的，平静而安详。

这一生，她亲历了被幸福包裹的滋味，他得到了人生最大的快慰。苍茫宇宙中，人生虽然不过是过了一站又一站的短暂旅行，难求永恒，但只要一生之中有缘被一双手真诚地抚过、爱过、拥抱过，也就无憾无怨了。

只要心还在跳，就可以看遍花开

〉〉〉

男孩爱上了一个女孩，他喜欢孩子般趴在女孩怀里，脸颊紧贴着她的胸脯，侧耳聆听她心跳的声音。这以前，女孩心跳特别快，运动稍微激烈些，女孩就觉得心脏要从嘴里跳出来，“碰痛碰痛”。女孩抚着剧烈跳动的胸口问父母，父亲低头叹气，母亲流了一脸的泪。女孩终于知道自己有先天性心脏病，也流了一脸的泪。

三十岁那年，女孩等到了愿意把心捐给她的人。手术前一天晚上她哭了一整夜，哭湿了白被单和枕头，她哭自己终于重新拾回了生命，也哭那个和自己同龄，却死于一场车祸的女人。女孩心存感激，剪存了报纸上有关给她做换心手术的图片和文字。

后来男孩走进了女孩的生活中。虽然女孩的身子依旧孱弱，胸前有永远的疤痕，但男孩毫不在意。女孩每次追问原因，男孩总是笑而不答。后来她知道他曾有过一次婚姻。一次偶然，女孩发现衣柜底层藏着一个小盒子，好奇地打开时，看见了他以前的结婚照，含笑的新娘正是她收存的剪报中遇车祸的女人。这样的时候，她感到自己归于平静的心跳，又一次开始“碰痛碰痛”。

后来她看了一场电影，为影片中主人公说的一句话，她感动得哭了。“我们曾经是天上飘下来的雪花，本来互不相识，但落地之后便结为一体，结成冰，化成水，永远也就不分开。”这句话治愈了她心头的伤痛，她不安的心再一次归于平静。一有时机，她就会拥他入怀，让他侧耳聆听她心跳的声音，毕竟他深爱的人是一个给了她生命的人。她深知，不能容忍她，她便注定无法拥有活活泼泼、可以爱可以被爱，并且可以充满生命梦想的心跳的声音。

心跳的声音，谁能否认它是生命中最美妙的声音？心的跳动，证明了生命的存在。都说四十岁的人羡慕三十岁的年华，三十岁的人憧憬二十岁的浪漫。其实，只要心还在跳，就可以哀伤，可以憎恨，可以思念，可以倾诉，可以热爱，可以歌唱……只要心还在跳，就可以看见娇媚的花朵，变幻的云彩，诗意的雨滴；只要心还在跳，就可以听见甜蜜的倾诉，婉转的鸣唱，悠扬的旋律。世界上有什么声音比心跳的声音更动人？

一抹紫纱，从红颜绕到白发

〉〉〉

年轻时，他家境贫寒。为了挣钱，他打石、铺路、刷墙壁，什么活都干过。他是个刚强能吃苦的人，心地洁净而善良。一天，他外出寻活，在路上捡到一个包裹，里面有三十元钱，还有一条簇新的纱巾。在那个年代，三十元钱可不是一个小数目。但那一刻，他没有半点贪念，只是一心一意在原地等人来认领。

冬日的乡野冷风入骨，他等在那里，手脚冻僵了，只得搓着双手，不停地在原地踏步。一直等到晌午，终于看见一位姑娘一路寻来。原来她母亲病了，她东拼西凑好不容易借了三十元钱为母亲治病，不想在半路上丢了。见钱失而复得，分毫不少，姑娘非常感激，拿钱酬谢他，他拒绝了。姑娘过意不去，硬是将那条簇新的纱巾塞进了他的怀里。

因为三十元钱，也因为一条纱巾，他和她相识了。两年后，她嫁给了他，结婚时，他拿出那条纱巾围上了她的脖子。就这样，在以后的岁月里，他和她两情相悦，过上了平淡无奇却甜蜜恩爱的日子。

生老病死，人生常理。七十岁那年的一个冬日，他永远闭上了眼睛，离开了他的至爱和属于他的温馨世界。他去世的第二天，她颤抖着双手，从一个木盒子里取出一条叠得平坦坦的紫色纱巾，喃喃地说："丢钱时，我将这条纱巾送给了他；和他结婚时，他将这条纱巾围上了我的脖子。当时的情形恍惚就是昨天啊。"她哽咽着，老泪纵横，旁人禁不住跟着流下了热泪。

她是幸福的，有一群孝顺她的儿女。只有当儿女不在身边的时候，她才会打开那只木盒子，取出那条紫纱巾，默无声息地凝视，一看就是好半天，默默地抚摸，默默地念叨，那份深情，似不老松，如长流水。时间长了，老人望着纱巾，布满皱纹的脸上就会漾起盈盈笑意，笑意之中却分明蕴藏着让人不能释怀的人生念想。

爱，就是这样，在两个真心相爱的人之间，它是一生一世的交付，不管是黑发红颜，还是白发苍苍。

爱，原本不是什么惊天动地的事情

〉〉〉

他十几岁就离家在外面的世界闯荡，十年后他已小有作为，自己注册了一家公司。也不知是什么原因，他一直是孤身一人。

他是个有孝心的男孩，每年都要回老家几次，看望梦中的父母乡亲。在老家，他最爱吃的一道菜，是蒜苗炒腊肉。母亲每次炒这道菜时，他都会站在一边闻它散发的香味儿。他笑着说："母亲啊，你到城里跟我一块住去吧，你不知道我有多么喜欢吃蒜苗炒腊肉呢。"母亲笑笑："到了时候，会有人给你做的。"

回城里时，他没有忘记带上一些家中的腊肉。上班后，因忙于打理公司的业务，每天都是在外头吃工作餐，腊肉已被他忘到了九霄云外。那天他因为身体不适在家中休息，傍晚时分，因一件业务上的事，公司一位女孩急着找他商量，不得不敲开了他的房门。

礼节性地问候几声后，女孩开始向他汇报业务情况。女孩对业务是如此熟悉，见解又如此独到，他不能不感到惊讶，不能不刮目相看。细看她时，他发现她不是特别漂亮，却不施粉黛，清新可人。女孩起身要出门时，他说："我还没吃晚饭，猜想你也是饿着肚子来的，不如你就在我这儿吃个家常饭吧。"女孩一笑："行啊，看看你的手艺如何。"

他这句话是自然而然说出来的，可他实实在在难得在家中弄一回吃的。既然话已说出口，再怎么着也要弄一顿啊。他围上围裙，淘米，插上了电饭煲。再然后就是准备做菜的食材了。她站在一边看着他，一会儿，笑笑说："看来男人适合厨房的少，还是我来吧，有些什么可弄的要弄的，说一声就是了。"他正巴不得呢，当即暗自松了一口气，如此这般说叨了几句，继而在家中转了一圈，乐滋滋地说："有腊肉呢，我到市面上买把蒜苗来。"

他回来的时候，她已变戏法般利用家中已有的食材，弄出了几样菜，色香味俱全。最后就剩一道蒜苗炒腊肉了。他站在一旁，看她掌勺，看她忙碌，她娴熟的动作，让他心底油然升起几分亲情般的依恋。那母亲炒出的腊肉香，那梦中的腊肉香，从从容容飘到了他的嗅觉之中。

身在异乡，吃着一位年轻女孩为他做的蒜苗炒腊肉，看着她水一样的眼睛，他感到他所渴求的幸福就这样来到了生命之中。不需要有太多的原因，他和她就这么平平淡淡简简单单地相爱了。

爱，原本不是什么惊天动地的事情，它来的时候，也许是机缘巧合，更有可能是因为你情感深处一直有一道放不下的美味。

就为说声“我爱你”

〉〉〉

一见钟情的事总是有的，他和她就是。

她是个美丽而不安分的女孩，一有闲暇，便会独自一人背着行囊四处漂泊。那天，她漂到了北京，这是她有生以来第一次到北京。下车后，于来来往往的人流中，她像走进了自己的城市，从容自如地在北京街头闲逛。她一心做着自由的旅人，他乡的风土人情，他乡的趣味，他乡的景观，在她的视野、她的心中汹涌澎湃。她从未想过漂泊的旅途中会有什么故事发生。

然而，事情说来就来了，天空飘起了雨丝，站在立交桥上了无遮拦的她，眼看会被淋为落汤鸡。就在这个时候，一柄伞在她的头顶撑开了，撑伞的是个北京男孩。他看着她，一脸随和：“这天气预报还真够准的。”他看着她的那一刻，她和他的心底不约而同漾起一种特别的感觉。就这样，他和她相识了。后来他对她说，那种感觉就叫一见钟情吧。

在这之前，他和她在彼此的世界里还是一片空白。然而，雨伞下一瞬间的对视后，她和他都觉得拥有了很多。从这一刻起，他就自荐为她的导游，陪在她身边了。

第二天，他陪她去了天安门，去了香山，去了故宫……在天安门广场，他顺势轻轻拉起了她的手，她没有拒绝；在地下铁，在有些拥挤的车厢里，他拥着她不愿意松开。从地下铁出来时，他笑着对她说："你好像是那个可以让我做终身粉丝的人啊。"

她离开北京的时候，是在晚上，在北京国际机场，于迷蒙的灯影里，他心旌摇荡，他扳住她柔软的双肩，轻轻吻了她，她的反应温柔而热烈。

接下来，就有了两地之间两个人甜蜜的念想。时间一天一天过去了，他们不是煲电话粥，就是在网上聊天。

然而有一天，她情绪低落地对他说，她是个耐不住寂寞的女孩，想找个男孩去登记结婚。她还对他说："我和你之间了解不深，相识到现在也就二十来天的时间，真正相处也就是几个小时，相距又这么遥远，真不知道会不会有结果。"

她的话，让他坐立不稳，寝食不安。他是个执着而浪漫的男孩，当天，他买了机票，从北京直抵她的家乡。晚上，他气喘吁吁敲开了她的家门。打开房门的时候，她又惊又喜，说："你怎么不哼一声就来了啊！"他站在那儿，沉思了一下，说："我找不到不来这儿的理由。”然后他抱住她，在她耳边轻轻说出了三个字，“我爱你。”

每一个有你相伴的日子都不再辛苦

〉〉〉

桂花巷新开了一家烧烤摊，我每天傍晚下班路过那儿，都可以闻到丝丝缕缕诱人食欲的烧烤香。摊主是个二十几岁，透出成熟韵味的男孩，另有一个不到十岁的女孩总是跟着他。一问，原来他们是兄妹俩。因家境困窘，他辍学了。好在他年轻好学能吃苦，辍学的日子里，他在外打了几年工，积累了丰富的烧烤经验。为了生计，也为了妹妹有钱上学，他才就近选择这座城市开了这家烧烤摊。

因为要解决温饱问题，更因为顺路方便，我隔三岔五会在这家烧烤摊坐下来。一些时日后，在摊子上我常看见一个与摊主年龄相仿的女孩在那儿吃烤鱼。女孩虽然穿着朴素，但秀美的姿质却无法掩盖：白皙的皮肤，明亮的双眸，苗条的身段。看得出，作为摊主的男孩喜欢女孩。从男孩与女孩的交谈中得知，女孩也是外地来这座城市打工的，和他有着相似的家庭背景。正因为这样，她和他才特别谈得来。

她特别喜欢吃他烧制的喜头鱼。她吃鱼时的样子挺逗人，总是边吃边说："啊呀，真香呀，几天不吃，我就想念这香味了。"那模样很馋。焦黄酥脆的烤烧喜头鱼被她慢慢品尝着，男孩在一边欣慰地微笑。他对她说："你若想吃，天天来啊，我做给你吃。"吃好了，她给他钱，他不收，她硬塞在他口袋里。再后来，我去的时候，在摊子上见到她的次数更多了。她在那儿或是帮男孩做些杂活，或是辅导他妹妹做功课。我常常看见她在辅导完他妹妹的功课后，和他妹妹有说有笑的，亲密得如一家人。

进入初冬，在烧烤摊上有些时日没见到那女孩了。男孩的妹妹在那儿做功课，她做作业的小桌子上放着两份糖果，我每次去的时候，都发现有一份在减少，一份在增加。我好奇地问："小妹妹，这些糖果放在这里，你留给谁吃呀？"她说："给姐姐的，她一天不来，我就罚自己少吃一颗。"接着，她又悄悄地问我，"伯伯，姐姐这么多天不来，是不是生我的气了啊？"我问："为什么啊？"小女孩让我弯下腰，捂着我的耳朵说："我不小心看见哥哥抱着姐姐亲了一下。"说完，小女孩顽皮一笑。"是这样啊，不会的，她一定是病了或是因为有其他的事才没来。"我拍了拍她的小脑袋。

再去烧烤摊的时候，女孩又在那儿了，大病初愈的样子。一问，才知道她真的病了一场，因为怕耽误男孩的生意，她住院都没有告诉他。小女孩见到她之后，笑笑，对她说：“姐姐，把手伸出来。”女孩伸出了双手。小女孩欢快地捧出一捧糖果，放在了她的手上。小女孩天真地说：“一颗糖代表你一天没来，看看有多少天了？”然后小女孩剥开一颗糖，高兴地塞进了女孩的嘴中。

那一刻，我看见尘世间的幸福就像一朵娇柔的花，在华灯初上的节奏中悄无声息地开放。不是吗？嘴里吮着糖果的女孩，眼角挂着莹洁的泪，脸上漾着满足的笑。

哪怕是身在地狱，也可以心在天堂

〉〉〉

如果是道听途说，不是亲眼所见，我绝对难以相信他们之间会有什么可以言说的爱情。

大年初三那天，我出门访友，因朋友家离我的住处不远，所以我没有打车。穿过淦河大道，拐进桂花小巷，我看见路边避风处有一个男人和一个女人。他们穿得并不暖和，衣衫显见破旧。虽然在寒风中瑟缩着，承受着一丝丝的冷，但他们神态安详，脸上没有半点不快乐的情绪。

男人蹲在那里，女人蹲在男人对面。男人手中有一只碗，女人手中也有一只碗，两只碗破旧而粗糙，而且碗的外面好像还有些污垢。我路过的时候，看见男人手中那只碗的碗底搁着一块红烧肉。男人用筷子夹起碗底那块肉，脸上写着满足和欣慰。他将那块肉轻轻放入女人碗中，嗫嚅着对女人说了些什么。女人听了他说的话，脸上飘起一丝愉快的笑，很自得，挺满足。女人呢，并没有吃那块肉，而是将肉夹在筷子上，嘻嘻一笑放入了男人的碗中，还附在男人耳边，细声细气对男人说了些话。我分明看见，男人脸上洋溢着一种别样的幸福。

从他们身边走过，因为一丝无言的感动，我终于忍不住回头看了一阵。远远地我看见，那块肉，那块肯定已经没有了热度的红烧肉，还被他们夹在筷子上你推来我让去。

在微冷的风中，有一种可以流动的东西在我体内翻腾，片刻间，我就双眼模糊，由衷感叹着生活中的诸多不幸；与此同时，我也为这幅生活中难以寻觅的温馨图景而动容。我感到，一股真切实在的爱的暖流，流入了我生命中最柔软的位置。

那个男人，是个乞丐；那个女人，也是个乞丐。那块夹在筷子上被你推我让的肉，是男乞丐从别人遗弃的食物堆里找到的。

我确信，真爱与物质无关，它是一种自灵魂散发的光芒。人与人相爱的时候，可以没有富贵荣华，可以无视一切人间沧桑，哪怕是身在地狱，也可以心在天堂。

美丽的爱情求证

〉〉〉

她叫梅，是男孩通过微信相识的女孩，虽然她一直不让男孩看到她本真的面目，但也会偶尔通过手机视频，让他看看她的手。那是一双纤秀的手，左手手腕处永远有一朵挺雅致的梅花贴图。

光阴似箭，在虚拟网络上聊着聊着，一晃就是一年。两个孩子的心里，彼此生出不舍的情愫。特别是男孩，爱上了女孩处事的细腻，待人的友善，美丽的心灵，睿智的头脑。

终于有一天，他忍不住要求和她见面。微信中他说：“让我通过视频看看你，行吗？”她说：“没必要的，不总是要见面的吗？”他问：“那我怎么确认是你？”她说：“你知道的，我左手腕处有朵梅花贴图啊！”女孩不让他看到自己原本可以说是靓丽的容颜，是因为她觉得，如果他真在乎自己，自己的外在应该不是很重要的。

他们相约晚餐时分在人来人往的商业城门口见面。他提前去了，守候在商业城门口，等待梅的出现。

约定的时间到了，一个身着米色上装、白色裙子的女孩径直向他走来。她有着修长苗条的身材，两弯好看的眉毛，一双黑亮的笑眼，脸部轮廓俏丽，十足漂亮的一个女孩。就在这一刹那，他情不自禁想要向她走去。

而就在此刻，男孩发现了一双潜意识中熟悉的手，腕上有梅花贴图，抬头看时，一位三十开外的女人含笑站在那儿。漂亮女孩快步走开了，男孩怔了怔，想起了手机视频中见到的那双手，便确信出现在眼前的她，就是让自己心生不舍的梅了。他不再犹豫，抬腿走近她，说："你是梅吧，见到你很高兴，能赏脸一起去吃个饭吗？"女人展颜一笑，对他说："孩子，我不知道这是怎么一回事。前面那个漂亮女孩恳求我在手腕上贴上这朵梅花，还说如果你邀请我去吃饭，就让我告诉你，她在街对面的餐馆里等着你呢。她说这是对爱负责的一种考验。"

终于，故事中的男孩和女孩如约相见了，至于结果如何已无关紧要，重要的是，在红尘俗世中，心灵之爱还是存在的，那从内心散发出来的，缘于生命深处的向往，来自灵魂深处的渴盼，已在女孩对男孩一次小小的考验中得到了印证。

一次美丽的爱情求证，凸显了爱的智慧，捕捉了爱的张力，最难能可贵的是，印证了什么才是人性中最强盛、最具持久魅力的情感内核。

幸福有如瓶中水

〉〉〉

同一个北漂多年的同学聊天，他说他在北京待不下去了。为什么？因为在北京离自己的梦想越来越远，甭说买房置业，现在连房租都付不起了，这种镜花水月的生活实在无法忍受下去。

照理说，人生下来是为着承担生活重负的，只要有盼头，磨难和困境都算不了什么。但是，有些磨难和困境确实无可匹敌、不堪忍受。如果年龄尚小，换一方天地，推倒重来，也许不是坏事；怕只怕到了醒悟的那一天，已经没有回头的力气和本钱了。

人生的幸福，缘于物质和金钱；人生的不幸，也缘于物质和金钱。大不幸大抵都是小不幸凝聚而成，这一点，所有经历过人生波折的人都会明白。

有一位女性，拥有轻松的工作、优裕的家境、姣好的面容、苗条的身材……可以说，她是诸多女性羡慕的对象。但随着丈夫涉足商场，拥有的金钱和物质越来越多之后，一切都在悄无声息地发生改变。先是他热衷于迎来送往，出入各种娱乐场所，整日里与美酒美女相伴，极少关心家里的事；继而像断了线的风筝，越飞越远……随着财富不断地积累，爱也在悄无声息地透支。

终于，女人和他分手了，走出了曾经的美好记忆，不为别的，她只想趁年岁尚浅，活出一份本真的自尊。

痛过，才会懂得如何保护自己；傻过，才会明了坚持与放弃的意味。一味地执着，可能会让生活陷入困境；适时放弃，生活的好也许会轻松易得。很多时候，改变不了别人，就需要调整自己的心态；改变不了外在，就需要创设属于内心的环境。席慕蓉说："生命原是要不断地受伤和不断地复原的。"是的，一个人只要拥有内在的美好，无论外在多么窘迫，生活一样会树绿天蓝，安宁美丽。

幸福始终不是外在的，外在的东西始终不能给人持久的幸福，一如房子只是居住的巢穴，不是幸福的标志一样。但可以肯定地说，幸福有如瓶中水，你可以倒出来，但要原样倒回去，就没有那么轻松容易了。

痛过，

才会懂得如何保护自己

〉〉〉

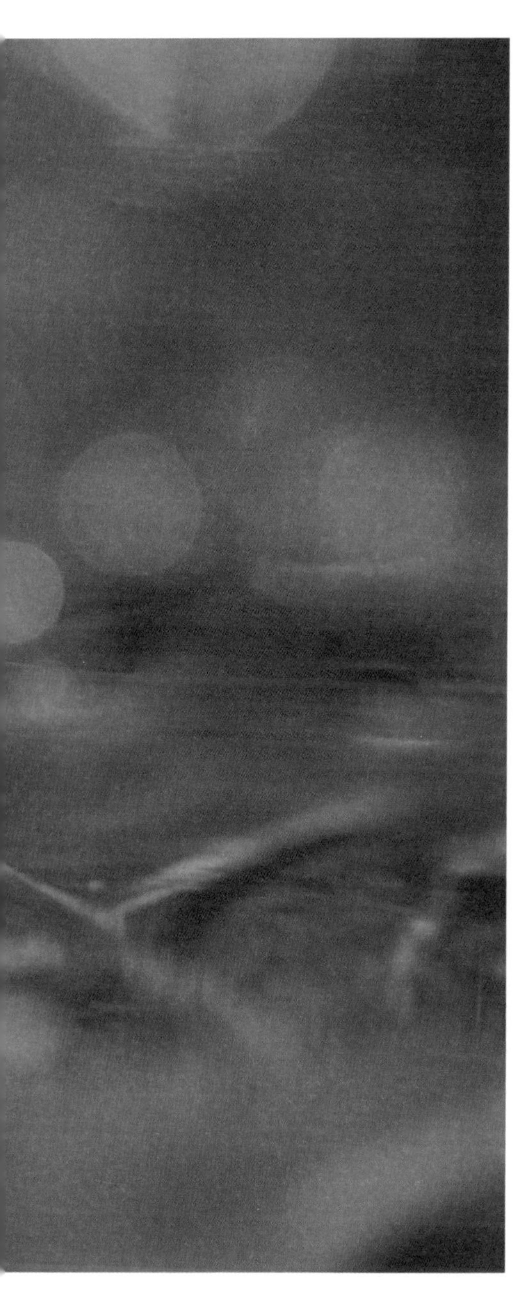

爱是人生的期待，

爱是生命的痕迹，

若能付出了百分百的真诚，

总会有一段美丽时光，

可以让人记取。

〉〉〉

世界上最幸福的童话，

不过是与你一起柴米油盐。

〉〉〉

当四季褪去红颜，

当岁月滑过发梢，

我们在旧时光里细数温柔。

〉〉〉

爱，原本不是什么惊天动地的事情。

〉〉〉

想和你感受四季的轮回，

想和你共约白头。

〉〉〉

会爱的人，

总是爱得深刻却理智，

铭心却宽容。

〉〉〉

Chapter 04 —— 第四辑

就这样陪你一直走

一分一秒一辈子

〉〉〉

电视剧《卧底》有一个情节：十分喜欢秦川的叶琳琳，知道秦川要和夏岚结婚的消息后，既难过又气愤。在二人的订婚宴上，她有心给他们送上了一对手表。

送上手表后，叶琳琳满腹酸意地对夏岚说："手表嘛，天天要戴的。从今天起，每分每秒要看好你的丈夫哟，时间这东西最捉弄人的，今天你们还柔情蜜意，也许明天就会冷若冰霜。我劝你戴好这块手表，好好把握现在。"

面对叶琳琳言辞间明明白白的挑衅，夏岚大度地一笑："我会的，谢谢你……叶小姐挑选礼物的眼光真不错。"说着，她转向秦川，"这份礼物的含义我非常清楚，从今天开始，我们要共同度过每一秒。这对手表要陪伴我们一辈子，见证我们白头偕老的岁月。"接过夏岚的话，秦川说："我们当然要一辈子，一分一秒都不能差。"

叶琳琳只能伤心气愤地离场而去。

喜欢就是喜欢，不喜欢就是不喜欢，在夏岚和叶琳琳之间，秦川的态度是如此鲜明炽烈。是啊，要爱，就爱一辈子，一分一秒都不能差。我记得电影《霸王别姬》里也有一句类似的台词。程蝶衣对段小楼说："说好了是一辈子，差一年，差一个月，差一个时辰，都不是一辈子！"这样爱意绵绵的话语，何尝不是许多初涉爱河的人，想要表达的心声？

然而，在现实的生活中，常常是爱着爱着就淡了，走着走着就散了。甚至走着走着，一不经心还会走到由爱生恨的那一步。

也有因为深爱却因某种原因走散的。散是散了，并且在恍恍惚惚之间，一去经年。只是在蓦然回首时，那人，神情语态依然似昨日般清晰。这样的情感，谁能说，不是缘于爱？

当一个人无论采取什么方式，都不能在记忆中抹去另一个人的一颦一笑，一言一语时，那种爱，可以说，是深入到骨子里了。我们所处的世界，真的像许多人说的，没有一生一世的爱吗？不是。真爱，不仅存在，而且无法遗忘。所谓淡忘，只是爱着的人，为了刻意减轻爱的苦痛，而寻找的一个美妙的借口罢了。事实上，心中有爱的人，终其一生，也无法挥别印在心底的那个人。

因为爱，才会感念相处时光里的分分秒秒；因为爱，就算不能在身体上一辈子长相厮守，也会在意念中一辈子长相厮守。如烟似雾的爱，分明是存放在心底的一个美丽的梦啊！就算走不近，看不透，摸不着，却可以一直在生命中，最隐秘、最经久、最真切地存在。

将白开水的日子过得温润香甜

〉〉〉

他和她坐在沙发上看电视，天气干涩，她觉得有些口渴了。她一向爱吃水果，而他平时很少吃水果，也许是没有吃零食的习惯，也许是嫌吃水果麻烦。她欲起身削水果吃的时候，顺口问他："吃水果不？"他点了一下头。她于是到厨房削水果去了。

她从厨房出来，将削好的水果递给他，便坐了下来。那个时候他不知道，拿在他手中的水果，是今天家里唯一的一个水果了。他咬了一口，水分很足，味道很甜，便对她说："你怎么自己不削一个呢？"她冲他笑了笑，说："你吃吧，我想喝点开水，正在烧呢。"他有些疑惑：她不是很爱吃水果的吗？今天怎么啦？

他放下刚咬过一口的水果，借故到厨房去了。壶搁在煤气灶上，火很旺，水很快就要开了。他往水果篮里瞄了一眼，空空荡荡的。他立即明白过来，被他咬过一口的水果是唯一的一个水果了。水烧开后，他将水灌在热水瓶中，然后倒了满满一杯水，端在手上，走出了厨房。

他坐下来，顺手将水果递给她，说：“你知道的，我平时就不大爱吃水果，我刚尝过一口，太甜，太甜的东西不解渴，你习惯了，还是你吃吧！”他拍了拍手中的杯子，“还是喝水来得痛快。”

她心里明白，他不吃水果，不是因为他不爱吃，只是他太在乎她了。但她知道她拗不过他，便将水果切开了，说：“这个水果太大了，我一人吃不了，还是一人一半吧。”

就这样，唯一的一个水果，就着一杯白开水和一部正在播放的电视剧，在一个平淡的夜晚，被两个相知相守的人，吃出了一份特殊的温润和特别的香甜。

真爱就这么简单，无须轰轰烈烈，无须惊天动地，只需将一个水果轻轻切开，就足以让人铭记一世，怀想一生。

就这样陪你一直走

〉〉〉

热恋之时，他和她像所有的情侣一样，恨不得天天黏在一起。那时他们工作在偏僻的乡村，出门就是山，可他们并不在乎这些。那些时日，他们手牵手，走过了不知多少山间曲径，尽管走过的路上布满了藤蔓荆棘，坎坷崎岖，甚至有意想不到的创痛，但爱的情愫，使他们内心充盈着相聚的快乐。

很多时候，爱，是进取的力量之源。经过不懈努力，他和她双双进了城。进城后，因为没有累赘羁绊，一有闲暇，他便会深情款款地陪她上街闲逛。日复一日，他和她，幸福快乐地走过了一段美丽的初婚岁月。她让他感受着拥有的丰厚笃实，他让她品味着情爱的温馨甜蜜。

时深日久，像所有城里女人一样，逛街，成了她业余时光的一种消遣方式，有事没事，有没有人相陪，她都会上街逛上大半天。

他呢，作为男人，天生没有逛街的瘾。不知打哪一天起，失去了那份闲散的心境和浪漫的情怀，一门心思回归到了自己喜爱的笔墨和文字里，在寂寞的书页间，春蚕般咀嚼着字里行间的喜怒哀乐；在白净的宣纸上，涂抹着自己对大千世界的理解。

就这样，更多的时候，她只能是一个人上街闲逛了。闲逛的时候，她心中总有一份对他的牵挂，时常带回一些他喜欢的书籍或为文作画的必需品。每每如此，他心中便多了一份歉疚，他感觉自己欠下了她很多。

一次长假出游，他携她来到了 S 市——一座繁华的城市。为了不留下遗憾，他陪她逛了这座城市所有著名的景点，她很快乐，很尽兴，面对他时，她的眼角眉梢充溢着幸福和满足。

临返回的头一天，她说：“这几天你累了，就地休息一下吧。”他微微一笑，说：“这座城市还有一条著名的商业步行街呢！”她眼睛一亮，露出了兴奋的神采。于是，顺着她期待的目光，他陪她步入了高楼林立、人潮如流的商业步行街。在那儿，他陪她走走停停、挑挑拣拣、进进出出、上上下下，到一家快餐店坐下时，已过去了几个小时。她蓦然发现，他眉头紧蹙、牙关轻咬、冷汗淋漓，一看就是极为不适的迹象。她有些惊慌，为他擦干汗水，问他咋啦。他脸上挂着笑，说：“没什么，逛街的时间长了些，腰肌劳损的老毛病复发了。”

其实，前几天，他的腰就痛得不行。只是为了好好陪她，他才一再忍着，没有告诉她。为了爱，他不愿让难得出一次远门的她，失去一次难得的逛街机会。他承受着身体上的痛苦，就是为了满足她的心愿。

或许，他陪她逛街的行为，不足挂齿。但在平淡无奇的生活中，这正是他所能给予她的，可资回味的爱的报偿。

拥着你的温暖入眠

〉〉〉

秋叶落入冬天，被北风一卷，便带出了萧瑟和清寒。

因为怕冷，她一直对冬天没多大好感，冬天的干冷只会让她处于一种无所适从的状态。没下岗前，也就是她还在上班的时候，家里经济还算宽余。一入冬，她就将厨房里平日不用的煤炉生起来，抽空将滚烫的水灌上几热水袋，并取出电烤炉放在客厅里，通上电，将屋子里烘得暖暖的。这样，他下班，儿子放学回家后，会立刻置身于家的暖流中了。饭后，一家人各抱一个暖暖的热水袋，挤在客厅沙发上，看永远看不完的电视连续剧。那时，她用电用得很大方，晚上睡觉前总将卧室里的空调打开。在他的感觉中，只要有她在家里，这个家就一定很温暖。

后来她下岗了，按照他的想法，她没再去找新的工作，这样的日子，她更是心无旁骛，一门心思干起琐碎的家务来。虽然一家人的开销全凭他一个人的收入，但有她的精打细算，日子还算是过得去的。一入冬，她还是生起炉子，灌热水袋。只是考虑到收入的减少，除了必需的，她用电没有以前那么大方了。

因为他白天要上班，晚上要写文章，所以一直是她比他睡得早。她下岗之前，他每次写完文章去睡，都见她睡得很香很甜，他拱进被窝里，被窝里暖暖的，他一下子就睡着了。她下岗之后，再冷的天，卧室里也没有开空调。他不怕冷，每次上床，脚一伸，血液一循环，就暖和了，并没觉得不开空调同开空调有多大区别。

大多情况下，她还是睡得比他早。只是每次他要上床睡觉时，都见她睁着眼睛。他问她："怎么啦？"她说："冷，睡不着。"他说："冷就放热水袋啊。"她回答："放了，可热水袋只能暖一个地方，被窝到处都是冷的。"他说："要不就打开空调？"她说："太费电了，不开。只要你睡在身边，我就不冷了。"

这以后，他总是在她临睡前上床。只要他在床上，不一会儿，被窝就暖和了。她睡下来的时候，被窝暖暖的，她总是在他耳边说着说着就睡着了，像下岗以前一样，睡得很香很甜。这样的时候，他把被窝掖好，悄悄起身下床。为了生计，他不得不每天逼着自己写出一篇文章。

后来她问起他："你每天怎么老是睡一阵又起床啊？"他笑了笑："没什么啊，我躺下是为了找灵感，起床，是因为灵感来了。"

就这样，他用一句话将他对她的爱化解在无意之中了。这是一种简单的爱，一种不着痕迹的爱，一种平淡夫妻之间的爱。这样的爱，不会惊天动地，但在小家庭生活中，却是那样坦荡温馨，无私无我。

送你一窗阳光

〉〉〉

女人和男人居住在旧楼房一套简陋的房子里，过着简朴而幸福的生活。虽然他们的房子简陋，属于他们的空间也不够宽敞，但他们拥有一间向阳的卧室，令女人欣慰的是，属于他们的卧室有一扇宽大的窗户。女人特畏寒冷，这扇窗，是男人特意为女人重开的。

每到冬天，许多平静的日子里，女人和男人坐在卧室的窗前，晒着暖阳，做着他们想做的事。这样的时候，尘世间凡俗的幸福，在阳光下流淌，在男人和女人平和的气息中徜徉。

然而，又一个冬天来临的时候，那扇窗再也透不进一丝阳光了。在这幢旧楼房前面，竖起了一幢高楼，气派的高楼将这幢旧楼房罩在浓重的阴影里，罩在了一重重苦寒和冷寂之中。只要一打开窗户，冬日的寒流就会涌进卧室，在女人的日子里平添几分萧瑟和清寒。室内有空调，但女人过惯了节俭的日子，轻易是不会将空调打开的。畏寒的女人，在这个冬天，那双细腻光洁的手长出了冻疮。

一天，男人拉过女人的手，看了又看，她的手那样美丽，却裹着冰凉。男人看见了女人手上几粒不大的冻疮，心就隐隐作痛。那一刻，男人动情地对女人说："不管怎样，今生，我一定要送你一窗阳光。"女人握着男人宽厚温暖的手，感受着他对她的爱，正一丝一缕，在她身体中的每一个角落流淌，这一刻，女人眼角溢出了泪花。

本来，男人的工作还算轻闲，但这以后，男人为了那个美丽的心愿，为了拥有一间向阳的卧室，有了更多的奔波和忙碌。一段时间的酝酿和准备之后，他和女人一合计，拿出家里的全部积蓄，贷了部分款项，开了一爿精品时装店。

店内，从墙壁到地面到货架的安置摆放，都是男人一手一脚策划的。女人做着男人的帮手，和他一起进进出出。他们忙碌着、憧憬着、幸福着。

时装店开张后，生意一天比一天好。步入正轨后，女人看店，男人也时常来店里待一下，但更多时间是在外面奔波忙碌。闲下来的时候，男人便静下心来研究服装经营的每一个环节，然后将自己的所得所悟一点一滴地告诉女人。时深日久，在男人的牵引下，对经营一窍不通的女人也明白该如何打理店中生意了。

就在男人与女人的事业进行得极为顺利时，男人在路上遇到了意外。那天，男人出了时装店，骑着摩托车回家。突然，一辆车不知什么原因横在了路上。男人来不及刹车，摩托车撞上汽车后，翻倒在地。

男人被送进医院。经查，男人脾脏破裂，脑颅内出血。医生悄声对女人说，男人已经不行了。那个晚上，男人一直在喊痛，女人陪在床前，握着男人的手，悲痛的泪水在默默流淌。男人弥留之际，拉着女人的手说："我很遗憾，没有送你一窗阳光。"女人泣不成声："不……不啊……你给了我整个生命，全部的爱，又何止是一窗阳光？"

男人去了。一年后，另一扇溢满阳光的窗前，女人眼角噙着泪光，抚着照片中英俊的男人，喃喃诉说。她说了些什么？谁也不知道，但我相信，尘世间，阳光般的爱恋，在凡俗之人的心中，是永远无法忘怀的。

我能想到最浪漫的事

〉〉〉

20 岁时，他时常在大学宿舍楼 6 楼窗口向对面宿舍楼 7 楼的窗口张望。那时他并不知道她的名字，也不知道她在哪个系，哪个年级，哪个班。他只熟悉她的身影，熟悉她的声音，他知道她什么时间会出现在窗口，她梳妆时的样子，看书的神态，晾晒衣服的姿势，他甚至知道她常穿哪几件衣服……他也不知道自己为什么会了解她那么多，但他明白，她对他来说具有神奇的诱惑力，她是他的向往和渴望。这就是浪漫。

30 岁的一天，睡在同一张床上的他和她，中间隔着三岁的儿子，天亮的时候，他和她都醒了。他侧过身去，她侧过身来，四目相对，在一个平常的早上交织着缕缕爱意，沉静而甜蜜。儿子在中间动了一下，嘴巴张了张，一双肉乎乎的小手在眼睛上揉了几下，然后亮晶晶地睁开了，转头看了看她，又转过头看了看他，再然后一抹童真的笑意就自然而然在脸上荡漾开来了。不约而同，她和他都笑了，三口之家的笑融合在平静而美丽的晨光里。这就是浪漫。

40岁时，她35岁，她下岗在家成了全职太太。他下班回家，她为他开门，带着一脸笑容，他将几张数额不多的稿费单塞在她手中，顺势拥抱了她一下。松开手，她进厨房去了。他换了拖鞋，习以为常地坐到了电脑前。她拿来一个削好的苹果，放在他手中，看着他吃，还说今天怎么没听你说饿啊。晚饭后，她收拾妥当，为再一次坐在电脑前的他冲了蜂蜜和牛奶，端来放在电脑桌上，叮嘱他稍冷后记得喝，然后进隔壁卧室看电视去了。一会儿她又走过来，拿走了他喝尽了的杯子。这就是浪漫。

50岁时，他的头发白了很多。儿子大学毕业找到了工作，他和她决定到儿子工作的城市去看一看。上火车后，他笑着说："老婆子，牵着我的手，可别丢了，我会心痛的。"她看着他，对他说："下车后的第一件事，你得到理发店将头发染一下，那样，儿子就不会说你老了。"他们一路相互打趣，一路都是好心情。他们并不富有，但他们拥有快乐，眼角眉梢聚集着浓浓的人间烟火味。见到儿子时，儿子的第一句话就是："爸、妈，你们并不老啊！"这就是浪漫。

65岁的一天，为了凑足一笔出门旅游的费用，他还在电脑上写文章。晚饭时分，她为平日不大喝酒的他烫了一小杯好酒，炒了几样他爱吃的拿手菜。她将他喊过来，两人对桌坐了下来。她说："老头子啊，这一辈子苦了你了，我没什么能耐，唯一能做的就是一心一意照顾你。能够静静地坐下来看你品尝我的手艺就是我最高兴的事。"他看着她，皱纹里闪动着爱和智慧的光泽，说："你也吃啊，这一辈子你也不容易呢！没有你，我说不定走不到今天的。"她隔桌点了一下他的额头，说："可别这样说，老头子，今天是我们的结婚纪念日呢！算一算，我们在一起多少年了？"他陷入了沉思，她掰动着指头。这就是浪漫。

80岁，他有些听不清了，她只能大声地和他说话，他也大声地回应着她，常常是答非所问，有些幽默，有些滑稽，却有着百分百的和谐温馨。更多的时候是他们彼此轻轻地诉说，不管听不听得见。他和她坐在一起时，常常会陷入往事的怀想之中。当所有美好的感觉涌上心头时，他和她苍老的脸上，会绽放出孩子般的微笑。这就是浪漫。

在岁月的尽头，在告别尘世的一刹那，能够把生活的点点滴滴串接起来，将人间的爱带到另一个世界去，这也是浪漫。

你听，是海在唱歌

〉〉〉

有则故事，说的是一对老人，平日里他们平淡平实，默契相处，做儿女的除了从他们身上体味到那份浓浓的亲情外，实难从他们身上找到一丝一毫爱的踪迹。有一次他出差在外，为她拨了一个长途。她听着电话，先是微笑，后是啜泣，最后，她的脸上漾开了前所未有的幸福感觉。女儿在边上见她这样，在她恋恋不舍地挂了电话后，弄清了事情的真相：原来，她在电话里倾听到了海的声音，他在一座海滨城市的海滩上为她打了这个电话，目的就是让在家中的她倾听海的声音。

就这样，阵阵海风，声声海浪，甚至海水的咸腥味在她的嗅觉中也隐约可闻。两颗一生相爱的心被一个电话绾结起来，走进了共同赏玩、共同欢笑、共同领略的快乐意味之中。这是一种何等质朴却深刻的情感啊！读着这个故事，想着我的妻子，自然而然想到我们终归也有白头的一天。有一句话说，白头偕老。白头偕老多好啊！谁有理由不珍惜这样一种极其美丽的人生景致。

我想，到了那一天，我的心依然会被妻子执着而深刻的爱鼓荡着，充盈着，我又何尝不能拥有那份心境。在我今生的世界里，在我的心中，妻是如此一个守家、爱家、恋家的人。妻恋家恋得如真似幻，余韵悠长。家是她永远的天堂，家是她永远的牵挂，家是她永远的慰藉。她用一生的情感抵挡着外来的干扰、芜杂的纷争、突来的变故，营造着家的温馨、家的顺畅、家的祥和。

在我出远门的时候，妻说，我等着你；在我不得已陷入应酬旋涡的时候，妻说，我等着你；在朋友同事将我拉入娱乐场合的时候，妻说，我等着你。妻用心等着我，等着一个在人生路途上深一脚浅一脚跋涉，却永远被她风景一样深爱着的、点缀在她生命中的疲惫的旅人。

当岁月的风霜刀子一样刮过，我逐渐学会了该怎样放下，包括生命的去留和世间的宠辱。在我的心空，在我未来的日子里，充盈着一个质朴的理念，这一质朴的理念让我无论何时，无论何地，都能从容不迫地说出这样一句话：“妻在家等我。”

哪怕走得再远，心还在你那里

〉〉〉

四十岁那年，他随单位同事一块出了趟长差。临行前，他对妻子说：“你要我带什么？”妻子莞尔一笑：“把你自己平平安安带回来就行了。”

旅途是愉快的，可他每天都惦记着妻子儿子，一有空暇，他就给他们打电话，或是在途中，或是在餐桌上，或是躺在床上，有什么新的感受，有什么趣闻轶事，他总是想方设法取得联系让他们分享。

在连云港，他平生第一次见到了真正的大海。小时候，他在书本中读到过；后来，他不止一次在电影电视中见到过，大海的壮阔美丽让他心驰神往。没想到的是，一年又一年，得以目睹大海风采的时候已在四十岁的时光上。妻子也是没有见过大海的，他见到大海后，所做的第一件事就是用手机拨通了家中的电话。

他对妻子说："听见了吗？这是真正的海的声音。"电话那头，妻子有些激动有些兴奋："听见了，我感到自己就像站在你的身边呢！"

在大连，到第一处景点的时候，在景点小摊上，他一眼就看中了一件小巧的工艺品，那是一颗捧在手掌之中的琥珀心，晶莹剔透，上书"我爱你"三个字，他没多想就买了下来。后来又跑了几处景点，在各处景点游览的时候，他发现每处景点都有这种工艺品出售，只要肯讲价，是可以便宜很多的。但作为送给妻子的礼物，他要的是第一眼见到这种工艺品时一刹那的爱的感觉，爱从来都是无价的。

在俄式建筑一条街，他花半个多小时，左挑右选买了一个俄罗斯发卡，他选择了妻子平常最喜爱的颜色，又选择了在他看来妻子最喜欢的样式。他拿在手上，甚至可以想象出妻子扎上发卡时的模样。

一路上，他传送给妻子或装在行囊带给妻子的，只是一些很不起眼的琐琐碎碎——一个发卡，一颗琥珀心，几声问候……正是这些琐琐碎碎，却见证了一颗心对另一颗心的牵挂、惦念和爱恋。

当你老了

〉〉〉

幸福是一个玻璃球，摔碎后散落到世间的每一个角落，有的人拾到的多些，有的人拾到的少些。现实生活中，每个人都拥有幸福的权利，但不是每个人都能获取同样多的幸福。幸福需要一定的运气，更需要用心去感受。

世间万物，人间万情，稍纵即逝，当你担当起各种角色，走在人生路上的时候，所有过往的点点滴滴，都值得珍藏，值得守候。直到有一天，当你走进岁月深处，有事无事和相伴一生的人厮守在暖暖阳光下，慢慢闲聊的时候，你依然可以在人生的边缘，品咂出生而为人的美丽和幸福。

记得那是入冬后的一天，因为牙痛，我来到了一家牙科诊所。看牙的人很多，我只得在此耐心等候。冬日的阳光洒在街道上，给街道平添了几许明朗，几许生机。隔着透明的玻璃墙，我静静察看着路上过往的行人，心中油然升起种种温暖与快乐。

街道的人流里，有两个年迈的身影走进了我的视线，他们慢慢地走着，含笑地聊着。入冬的天气颇有些寒意，男人身边的女人，脖子上围着银白色的长围巾，手上戴着厚厚的手套。两人挨得那么近，透过他们愉快的神情，我分明感觉得到，他们身体中流淌着一脉幸福的暖流。

那女人，我是认识的，她是当地中学的一位语文老师。当年，我听过她的课，在我的印象中，她的课讲得非常出色，声音也极动听。多年后的一次同学聚会上，大家共同回忆起读书的日子，比如谁有什么特长、爱好，谁在班上最有影响力，谁最淘气，等等。说着说着就想起了任课老师，谈话间得知，这位女老师因顽疾缠身，动过几次手术，身体状况一直不太好。丈夫始终陪伴在她身边悉心呵护，加上她的乐观开朗，一次又一次，她都从病魔手中走出来了。

如今，他们已离开工作岗位，每天相依相伴，相携相搀，漫步在四季变幻的风景里，他们走在一起的样子——从容的步态，温馨的神情，分明是一幅美丽的图画，一道亮丽的生活风景，让你在不经意间看上一眼，就能从中感受到什么叫人生的幸福。

站在玻璃墙后，看着眼前的情景，看着这对老人幸福的样子，自然而然就想起了赵咏华的《最浪漫的事》：“我能想到最浪漫的事，就是和你一起慢慢变老，一路上收藏点点滴滴的欢笑，留到以后坐着摇椅慢慢聊；我能想到最浪漫的事，就是和你一起慢慢变老，直到我们老得哪儿也去不了，你还依然把我当成手心里的宝。”

有人说，幸福没有色，没有香，没有形状，看不见，摸不着。但站在玻璃墙后的那个时刻，我真切实在地看到了幸福的存在，看到幸福就算到了冬天，也会无言绽放。

给你最后的爱，是让你离开

〉〉〉

茫茫芦苇荡上，有一种美丽的花，当丹顶鹤飞来的时候，她深情地开放；当丹顶鹤飞走的时候，她在惆怅中渐渐枯萎。

早秋时分，大多丹顶鹤开始迁徙了。

“朵，天气转凉，我们必须搬家了，你还不准备出发吗？”矫健的头鹤在鹤群中扑棱着翅膀。

“我已经成年了，可以自由地飞，不是吗？”朵回应道。

离群？天啊，这可是危险的事情！头鹤露出惊讶的神情。

“我必须留下来！”朵坚持道。

“好吧，”开明的头鹤说，“你有你的选择。我相信，总有那么一天，你会比我更强大，更能干，自己保重吧！”

鹤群飞舞，在朵栖身的上空盘旋而起，然后穿过五彩云霞，朝着夕阳的方向飞去。

“我会想你们的——”朵向离别的鹤群发出响亮的鸣叫。

好一会儿，朵转过身，对不远处那朵孤单的、在秋凉中有些瑟缩的兰花说：“兰，我会陪伴着你，直到冬雪降临。”

“谢谢你，朵。有你陪伴，我心满意足了。”兰幸福地喃喃道，“我知道，我在春末绽放，在秋尽结束，生命很短暂。只是，我还会不会在来春绽放？”

“啊，那已经不是你了，经过一季的冬眠，你会忘记一切的。虽然我回来的时候，守着的依然是你，但你已经忘记了。”朵落寞地说。

兰不再说话，陷入了沉思。夜，被风吹得更冷了。朵以他雪白的羽毛紧拥着那朵可爱的兰花。

“你闪开，让我自己待着。”兰说。

“那样的话，你会被风吹散的。”朵真诚地说。

“烦不烦，离我远点！”

“每一只丹顶鹤都会守护一朵兰花，这是与生俱来的责任！”

“我需要自由。”

朵不再说什么，有风有雨的日子，他就那样紧拥着她，去忍受她的埋怨和责骂。不久，自己的羽毛从雪白变成了灰白。

一天，兰又埋怨说：“因为你，我的朋友都已经离去了，我不想孤独地去享受冬日的阳光。”

“你并不孤独啊，难道朋友一定要划出界限吗？”

“是朋友的话，为我跳支舞吧！”兰说，“已经很久没有看到你的舞姿了。”

“现在吗？”

“嗯。”

朵看了看天色，没有风。“好吧，兰。”

朵开始起舞，远远地。他怕他带出的风伤害兰。

“离我近点嘛，我看不清楚。”兰说。

朵近了些，翅膀掠起了一阵凉风。

就在这一刹那，兰花随风飘落。

“兰——”看着飘落的花瓣，朵充满了愧疚和无奈。

第二天清晨，朵张开他灰暗的翅膀，朝着兰花飘落的方向郁郁而去。

兰飘落的花瓣上，渗出不知是露水还是泪水的东西：“我知道，只有那样才能让你离去，不要怪我，我已经把对你的记忆深深植在了根里。对你，我从来就没有怨恨过。”

朵已经永远听不见了。他带着内疚和遗憾，垂下被风雪染成灰色的翅膀，跌落尘埃。失去知觉的时候，他依然喃喃叨念着：“兰儿，我还会回来的……”

就这么站着，望着，在一年一度的春风里，兰站成了忧伤美丽的望鹤兰。

回忆在，天堂就在

〉〉〉

很平常的一个日子，我走在路上。蓦地，一对白发苍苍的老夫妻撞入了我的视野：他蹬着一辆三轮车，瘦小的她佝偻着坐在车上。三轮车缓缓地在路上行驶。他一下一下地蹬着踏板，显得很吃力。她呢，在三轮车厢里倾斜着身子，用手中的拐杖一下一下地点着地面。看得出，她在帮他使劲呢。她在干什么，不用回头他也心知肚明。在一起生活几十年了，又哪能不心息相通呢。他轻喘着，对她说："好好坐着吧，用不着你操心费劲咧！"她嘴角牵动了一下，笑笑，固执地用拐杖重复着那个简单却爱意绵绵的动作。

我熟悉他们，他们就住在我住的那个院子里。感觉中，他们相依为命，时时刻刻伴在一起。面对如此恩爱的一对老人，我的内心荡漾着感动。我想，她瘪嘴笑笑的时候，一定想起了她和他曾经有过的岁月，当然包括相知相爱相亲的点点滴滴。那一刻，我分明看见，爱的天使扇动着美丽的翅膀，在爱的天堂轻盈自在地飞翔着。

自那次见过两位老人后，有一些时日，再也没有看见他们相依漫步的身影了。一问，才知道他因突发脑溢血先她一步去了。他离她而去后，她待在家里，没出门一步。失去了朝夕相处的他，她的哀痛、她的悲伤是可以想象的。

终于，再一次在路上碰见了形单影只的她，一脸安详。每次看见她，我都看见她习惯于将左手绕过胸前，抱着右边肩膀。有一天，我疑惑地问："老人家，是不是你肩膀不舒服？"她笑笑："没有，好着呢。""那我看见你的手总是这样放着啊！"我这么一说，她满是皱纹的脸上立刻绽放幸福："习惯了，那儿是我的天堂呢。他在的时候，无论陪我走到哪儿，总在我的左边，将右手环绕过来搭在我的肩头上。"

我终于明白，她的肩头，承载着她一生的爱和幸福。当她活在回忆之中时，只要她的手抚向那个位置，就可以找到属于她的人间天堂。

伴你一生的人

〉〉〉

在一次“人生与伴侣”演讲报告会上，心理学教授让一位女士上台，写下对她一生有重要影响的所有人的名字。女士在黑板上一口气写下了长长一串人名。教授对女士说：“这些人对你的重要程度肯定是不一样的，从现在开始，你要做的就是依据重要程度将名字从名单中逐个删除。”

女士照做。只是越往后越显得犹豫不决，露出一脸凝重的神情。

在教授的再三催促下，名单中只剩下四个人的名字。这时女士泪眼蒙眬，拿黑板刷的手一直在颤抖。

剩下的四个人是她的父亲、母亲、丈夫和孩子。

教授说：“你必须继续删除，直到剩下一个为止。”

女士听后，眼泪“刷”地流了下来。但她还是拿起黑板刷先擦掉了父亲母亲的名字，接下来抹去了自己孩子的名字。黑板上只剩下她丈夫名字的时候，她已泣不成声了。

教授这才平静地对台下的人说：“从心理学的角度来看，这是合情合理的。父亲母亲会先我们而去，孩子长大后会有自己的小天地，而真正能够伴你一生的人，注定是你的丈夫或妻子。”

伴你一生的人，也许不是你最爱的人，也许不是最爱你的人，但却是你一生中最割舍不下、最牵挂的人。

Chapter 05——

第五辑

在旧时光里细数温柔

在旧时光里细数温柔

〉〉〉

那是 20 世纪 90 年代初的事情了，我和妻子两地分居，难得见上一面。每次见面，大抵都是在周末，而且还得掐着时间搭乘长途车。那时，车次有限，一旦错过，便有可能要推迟整整一天。去掉路上往返耗费的时间，所剩时间便少之又少了。

那时候，没有手机，更别谈平板电脑了。因此，日常生活中，手表显得尤为重要。

刚参加工作时，舍不得买心仪的好表，随意选了一款戴在手腕上。表时常闹毛病，不是快就是慢，动辄就停摆了。记得有一次，我在车站买好票，一看还有些时间，便出去办了点事。回到车站，却发现那趟车已经走了。我一看表，有些愤然地对车站管理员说："还没到时间呢，车怎么就走了？"车站管理员说："我们一向不会提前，为乘客考虑，偶尔还会推后几分钟呢！"我将手腕伸到他面前："分明提前了啊！不信，你看看时间。"他看了一眼，说："你这表整整慢了一刻钟啊，应该'退休'了，要不然还会误时间的！"

翌日，见到妻子，俩人一商量，便决定去当时当地最上档次的商场奢侈一回。

在腕表柜前，妻子看中了一对全自动全钢带日历情侣表，两块表装在同一个精致的绸缎面盒子里，熠熠生辉。它们颜色一致，样式接近，一大一小，男表阳刚粗犷，女表细腻柔和。心动的妻子二话没说，掏出600元钱买下了这对手表。

自买下之日起，那块阳刚粗犷的表便戴上了我的手腕，走得好好的，准确而有节律。这以后，误点的事再也没有发生了。日子，在两地奔波的幸福甜蜜中匆匆流过，儿子也顺利来到了属于我们二人的世界。

然而，路上的奔波，也有不尽如人意的时候。其间，因为情侣表，妻子急哭了一回。那次，她抱着孩子从我工作的地方乘长途车回家，下车时，上下车的人太多，拥挤中，她一个趔趄倒在了地上。因为天性使然，孩子被紧紧地抱在胸前，并未受到一丝丝碰伤。只是站起身来，走出几步后，她发现手腕上的表没了。她心中一惊，抱着孩子直奔下车的地方，见那块表正被别人拾起，她走过去，求那人归还。旁边围了好多人，帮着说好话，可那人就是不给。妻子哭了，当着那么多人的面。车站管理员过来询问，那人还是索要了 20 元钱，妻子搜遍口袋也未凑齐，后来管理员帮助垫付才了事。

第二天妻子把钱还上了，后来她说："那天好不顺，发现表没了，我急死了。那可是情侣表，是我们婚后最贵重的信物啊！"

一晃多年过去，我同妻子团聚了。接着有了手机，戴手表似乎就是多余的了。

转眼儿子也大了，有一天，他看见了我放在抽屉里的那块表，摇一摇，走动起来。他高兴地说："爸，这可是块好表，你不戴，我可就戴上了。"

不久前的一天，我们一家三口好不容易聚在一起逛街，路上看见一家商城正在装修。儿子说："这家商城落成后，怕是整个城市最有规模、最有品位的了。"我说："可不，很多年前它就是这座城市的亮点呢！你看看你手腕上戴的表，就是二十多年前你老爸和你老妈一起来这儿买的，怎么样？还行吧？"

家有争宠妻

〉〉〉

一次意外邂逅，我认识了我的她。热恋时，书信成了我联系她的纽带。那时候，我的笔极勤，日写千言，以日记体方式制作情书，编织着属于我们的甜蜜爱情。就这样，在我的预期中，她成了我的新娘。婚后，两地分居，她对我写的书信仍然是“一往情深”，我一个星期不写信，她就非跟我急不可。后来，通电话了，她迷上了电话，有事无事一个电话就过来了。这样一来，家中电话费居高不下。母亲看了话费单，心疼地说：“又不是不能见面，有什么话，等到了周末再说不迟啊。”她却说：“如果他只知道工作、赚钱，把我给忘了，那要钱干什么！”

她爱玩电脑游戏，更爱看电视连续剧。她逛街、逛商店，常常就是为了淘她喜欢的光碟，而且每次非买回三五碟不可。几年下来，书柜被她的光碟占去大半空间。后来，她所在的企业被关停，我便有意识控制她玩游戏的次数和看碟的时间，让她学点其他的什么，规定每周六、日才能玩。她倒是挺听话的，但碰上周六、日有事，她总会想方设法把玩游戏的时间补回来。这样的时候，若用“规定”约束她，她会说：“你就一个老婆，难道忍心看她不快乐吗？”她这么一说，我自然只好睁一只眼，闭一只眼，由她玩去了。

作为女人，作为妻子，她有当家的天赋。自从她“财权”独揽后，我就当起了“衣来伸手，饭来张口”的“爷们儿”，从不为每天吃什么、穿什么犯愁，也不用过问每个月的水、电、煤气费用了多少。一切的一切，她打理得有条不紊，而且总是根据时令变化，不失时机地为我和儿子添置衣服鞋袜，购置一些时尚用品，装扮温馨小家。在外烦了累了的时候，我恰似一只归巢的倦鸟，飞回家的天地，了无拘束地沐浴在属于我的温馨氛围之中。

一天，她温情脉脉地对我说：“我的心里只有你，你可得宠着我点啊，不然，你就算不得好老公了。”有一次，父母从乡下老家来了，我亲自下厨，忙得不亦乐乎，她却在一旁悠着闲着，还指手画脚，尽添麻烦。母亲见了，笑着说：“这么大的人，还像个孩子，怕是被应峰宠坏了吧。”她听后，不但没有半点羞愧，还扬扬得意地说：“宠女人是男人的义务，被男人宠是女人的权利。”接下来她还说，“妈，应峰多年离家在外，是‘嫁’给我做老公的，不宠我宠谁啊。”

爱是婚姻的真谛

〉〉〉

关于婚姻，有三个小故事，发人深省。

其一：俩人相爱多年，准备结婚。然而，就在结婚前一个月，他悄然消失了，只留下一张纸条：对不起，等我有了足够的资本再娶你。她伤心地撕碎纸条，撒在风中。两年后，他穿着西装开着限量版跑车回来，却发现她已嫁给一个普通打工仔并且有了孩子。那一刻，他的恼怒可想而知了：“你怎么可以这样？宁可嫁给一个什么都没有的人都不愿意等我！”女人笑笑：“对于我来说，你现有的那些都是多余的，我拥有爱就足够了！”

其二：男人结婚后对自己的妻子比结婚前更为体贴关爱。一次聚会，朋友笑他：“怎么结婚了还那么腻？”他笑笑：“结婚前，有很多男生在追她，有很多男生会对她好，我只有对她更好才能追到她；结婚后，对她好的男生越来越少，我对她的好更多一点，才不会让她感觉失落。我所做的一切，简单明了，那就是让她快乐幸福。”话毕，在场的朋友沉默了，这份沉默里，分明饱含着由衷的感动和敬佩。

其三：丈夫在床边护理即将临盆的妻子。妻子问：“你希望是男孩还是女孩？”丈夫答：“如果是男孩，我们爷俩保护你；如果是女孩，我保护你们娘俩。”

第一个故事告诉我们，凡俗而幸福的生活，拥有爱就足够了。第二个故事告诉我们，婚姻不是爱的结束，而是爱的加码。第三个故事告诉我们，是男人，就要负起爱和呵护的责任。

读了这样三个小故事，你还觉得婚姻是爱情的坟墓吗？不，绝不！我想你体味到的，也正是我要说的，那就是：爱是婚姻的真谛。

对大众而言，爱情的最终归宿是婚姻，婚姻其实是对爱的承诺，是凡俗之爱的极致。在两个人的婚姻世界，有了爱的存在，生活就会充满幸福和光明，它不会因酷暑严寒、风雨阴晴而变异，也不会因富有贫穷、顺境逆境而改变，而是以坚不可摧的姿态矗立在他人心中。

无爱的婚姻是疼痛的，这样的婚姻无异于没有灵魂的空壳，绝不会维系多久。而能相互搀扶、白头偕老的婚姻，一定会有一种叫爱的东西穿越一生，契合一生，在生命的河道里不息流淌。

可以说，真正的婚姻，是以爱为根基，相濡以沫的一种信守。有了爱的信守，才有足够的能力守住生活的幸福，守住人生的快乐，守住生命的阳光，守住尘世的安宁。

阳伞撑开的幸福

〉〉〉

结婚前，男人女人好得不得了。每次出门，女人的手、男人的手都会环抱在彼此的腰间。地处南方，阳光烈烈地照下来，这样的时候，男人的另一只手便会为女人撑开一把阳伞。阳伞斜斜的，在女人头顶，撑出生命的阴凉，生活的幸福。

结婚后，时间腐蚀着一切，包括男人女人的激情和容颜。日子过着过着，男人女人便有了因生活琐事而产生的烦恼和纠葛。于是，在有意无意间，他们有了发泄和不满，有了不可名状的争吵，吵着吵着便有了离婚的念头，闹了几次后便动真格的了。

邻里前来劝和，轻言细语地问女人，说说他对你不好的地方。女人愤愤地说，她生病躺在床上时，他却在外面与人谈笑风生；他总在外面玩，常常是深更半夜回家；他从来不主动做一顿饭，洗一次衣服，她忙里忙外不可开交时，他不但不动手帮忙，还指责这里不齐整，那里不干净；婚后他从来没有深情地吻过她、拥抱过她，没有对她说过一句半句甜蜜、贴心的话；她的父母来时，他总是招呼都不打一个，让她感觉没一点面子。邻居转而问男人，你也说说她的不好之处。男人讪讪的，说不出什么来，只好说："她总是在挑剔我，说我没用，不会做人，老实说，我压根就没想过要离婚。"

邻居又转而问女人，再说说他对你好的地方。女人若有所思，却又摇了摇头："这些年都是我在照顾他，他从来就没有为我做过什么。"男人听后很平静，接过女人的话头说，他生病住院，她比谁都紧张，风里雨里往医院跑，想方设法为他做可口的饭菜；他的父母来了，她也尽心孝顺；他的衣服，都是她购置的、烫洗的；她每次去买菜，总想着他喜欢吃什么……女人听着男人的话，眼圈红红的，哽咽着："我哪有那么好？你还是另找一个好女人去吧，横竖现在除我以外的任何女人都是好的，我的命苦我认了，大不了再去找一个人来照顾。走，我们还是办离婚手续去。"

当着邻居的面，女人执意拉着男人的手出了门。出门时，男人顺手取了一把伞，初夏的南方，阳光已经热辣辣的了。男人习惯性地为女人撑开阳伞，阳伞斜斜的，飘在女人头顶。女人走着走着，就走进了菜市场，买了平日里男人最爱吃的一些时鲜蔬菜。买好菜，便说着笑着牵着男人的手走出了菜市场，将办离婚手续的事已经忘得一干二净了。

一把伞，撑开的不仅仅是可以聊解暑热的阴凉，更是一份细致入微却又真切实在的幸福——无论是过去，现在，还是将来。

尘世之间，幸福总是存在的，再平凡、再普通的生命，所拥有的幸福再怎么微不足道，都有打动人心的时候。“执子之手，与子偕老”，在我们生存的时空里，这句话虽然被相爱的人千万遍地重复着，但它透现出的内蕴，永远因地、因时、因人而绝无仅有、不可重复。

当风雨来时，谁和你一路

〉〉〉

那天，妻做了一整天家务，翌日便对我说："腰痛，可能是腰肌劳损，得做按摩调理一下。"我便骑着电动车带她去了一家盲人按摩诊所。做完按摩，妻说，感觉似乎好些。可第二天，她的腰痛得更厉害，弯着腰行走，直不起来了。

到医院做 CT 一查，腰椎间盘突出。医师说，得住院，至少半个月，出院后，还得休息一个月。就这样，妻躺在了医院的病床上。一家三口原本有序的生活节奏一下子打乱了。

这之前，因为妻子没上班，在家当"全职太太"，家务活基本上是她包揽了的。儿子上学，我上班，一回家，就可吃到热乎可口的饭菜。她住院后，琐碎的生活细节不得不重新洗牌了。

这些日子，一下班，我的第一目的地就是菜市场。买好菜，匆匆回家，淘米择菜，锅碗瓢盆，忙得不可开交。等儿子放学回来，匆匆填饱肚子，便取出饭盒，装好饭菜，打好包，骑着电动车送至医院。

在病床前，看着妻吃下我做的饭菜，我便感觉踏实。吃我做的饭菜，不管好吃不好吃，妻都吃得香喷喷的。一次，我给她煎了俩鸡蛋，明明煎煳了，但她却说特有味道；还有一次，我炒了个白菜薹，因煤气差不多用完了，火力不足，炒出来的菜薹像焖熟似的，但她还是吃了个精光。我当然知道，不是我做的饭菜好吃，而是因为有我的陪伴，她才有一个好心情。有一回，我有事不能送饭，饭菜是由岳母做好送过去的，她傍晚便来电话，说她中午没吃好，晚饭非得我做好送去不可。后来她说，一天不见我，心中便好像落下了什么似的，吃饭也没胃口。

这样一些时日，熟识的人见我忙里忙外，总说，你是个不错的男保姆。我笑笑，说，妻子为我当了近二十年“保姆”，我这是应该的。这一期间，为了让饭菜尽量适合妻子的口味，我不断总结和摸索，摸出了做菜的一些道道。比如，煎鸡蛋，适宜用小火；炒青菜，适宜用大火；煨汤，先中火，后小火。

半月后，妻子出院了，说说笑笑，行走自如。她挽着我的手对我说：“多亏你这半个多月风里雨里为我打理一日三餐，挺不容易的。”我说：“谁让你是我老婆呢，换了我住院，你也会这样啊！”

我确信，人生旅途上，风雨来时，大多情况下，和你相互依傍度过的，大抵都是和你一起住在婚姻里的那个人。只有他（她），才会无论风雨阴晴，不厌其烦地为你打理日常琐事，陪伴你，呵护你，让你在平淡琐屑的生活细节中，感受人间的情爱，生活的温馨，生命的美好。

你知道我有多么爱你

〉〉〉

女诗人在弥留之际，握着先生方方正正宽大温厚的手，说："我爱，我要——出远门了，我——在天堂——祝福你……"她说不下去了，不，是她无力说下去了，她的双唇轻颤着。先生附耳在她的唇边，实在没法再听见她说了些什么，然而先生分明感到在他的手心，她绵软无力的手集聚了一生的力量在写着什么。他明白了，是他和她在此前的人生中写了不知多少遍的那几个字母："Shmily"——See how much I love you.（知道我多么爱你。）

一刹那，往日的回忆蜂拥而至——雾气蒙罩的镜子上，绝尘而去的公共汽车的玻璃上，音乐茶座的桌子上，乡村火塘的草木灰上，一张放在衣服口袋中的纸条上……所有能想到和不能想到的地方，无数个随手写下的"Shmily"充溢着他的整个生命，他泪流满面，真真切切感到自己的一生是多么幸福。

她纤柔的指尖垂在他的手心里，幸福安详却恋恋不舍地去了。他噎着悲伤，颤抖着用低沉苍老的声音轻轻唱起了不成调却是最教人心碎的歌谣：“知道我有多么爱你……”

“Shmily”，在她的灵魂飘向天国的时候，他在心里，在她的灵柩上，用那双温厚的手无数次书写着这个贯穿他俩一生的爱的符号。

在整理女诗人遗作时，先生在枕头底下发现了她最后的日子里写下的一首诗《Shmily》：“当我死去，把我留下的给孩子们 / 如果你必须哭，为走在你身旁的弟兄哭泣 / 把你的手臂环住任何人，像环住我一样 / 我想留给你一些东西，比文字和声音更好的东西 / 在我认识和我所爱的人的身上看见我的存在 / 如果没有我你活不下去，那么让我 / 活在你的眼里、心里和善行里 / 心手相连让孩子们得到自由 / 爱不会死，人会。”

是啊，一个一生爱着的人在舍弃身体的时候，爱并没有随之而去，它一定以各种方式活着——在每一个被爱的人过去和未来的岁月里，在每个被爱的人的心里。

当时光旧了红颜

〉〉〉

女孩爱上了自己的上司，她当然知道，她的上司已是有妇之夫了。她知道，这种错爱，大抵都是毫无结果的，但她还是止不住心中的牵挂。

她见过上司的妻子，一位平凡、含蓄、内敛的女子。女孩拿自己拥有的年轻、美貌、聪慧、能力悄悄同她比较过，感觉自己更适合上司，于是决定要持续这场暗暗的恋情。

直到有一天，公司搞一次聚会活动，她穿一身得体的、散发着职业女性利落和妩媚的裙装，款款地坐在他的旁边。把盏推杯、气氛浓郁之时，他的手机响了。他示意大家压低声音，才接通了电话。电话是他妻子打来的。他诚挚认真地应答着，一直在点头称是。她低头抿着酒，其实她在侧耳听他和他妻子的对话。她说：“稿费还没去领？”他说：“今天太忙，明天一定办妥。”

结束通话，有人问：“什么稿费？”他一脸自豪，说：“我那位在报纸上又发表了文章。”说着，他从携带的公文包里，拿出一张当地的报纸，指着副刊版面说，“一篇蛮好的散文，可不是？”有人接过报纸看了看，问：“多少稿酬啊？”他将一张浅绿色稿费单从口袋里掏出来：30元。这么一点稿费，她想笑，可她没有笑出来。她看见他脸上分明洋溢着对妻子源自内心的自豪和珍爱。

他收起稿费单，说：“本来她今天要去取稿费的，我没让，我说取稿费的时间，你可以多看看书，我替你去取。”这句话让女孩心里一震：30元不够一杯茶钱，值得他牺牲自己的时间？他可是一名年薪几十万的跨国公司的高管啊！每天这么忙，还会抽出时间为妻子去取30元稿费？而且只是想让她有更多的时间看书？

接下来，他有些沉醉地说：“我那位不爱逛街，不喜欢搓麻将，没事就爱看看书，写点东西。”说起她时，他语气中充满着温情，笑声中洋溢着幸福。

听着他饱含深情的述说，她觉得心底的激情在慢慢退潮，她决定退出了。是他，和他爱的那个女子，让她读懂了平凡却真实的爱情，这爱情，在日月轮回中默默滋润，韵味悠长，那是一种朴实、真挚的心灵之爱。

无可否认，有些爱始于物质需求，有些爱始于外表相悦，而真爱则源于心灵相契。只有心灵相契，才经得住时间的考验，像酒一样，日久弥香，沁人心脾。

世界最幸福的童话，不过是与你一起柴米油盐

〉〉〉

坚贞之于女人，有很多种答案。其实，无论怎样评说，有一点是可以肯定的，坚贞是女人的灵魂。

历史长河有很多撼动人心的女人写进了故事之中，代父从军的花木兰，临阵挂帅的穆桂英，鉴湖女侠秋瑾，面对铡刀的刘胡兰……她们是从容的，又是坚韧、刚烈、忠贞的，她们的坚贞汇入了人类灵魂，写进了人们心坎里。

时间长廊的那头，她们以不屈的坚贞影响着后人，警示着我们的生活。时间的宝典一页页翻过，在她们遥远飘忽的身影之后，在流动的光与影里，我们每天面对的女人大多并非轰轰烈烈的女人。以此观之，现实中的坚贞是有别于以往的。

和我一生长相厮守的女人，是我相濡以沫的妻子。她是个平凡的物质女人——乘厂里的公车上班，总为节约几块钱步行很远

的路程回家；她在自由市场购物和人讨价还价，闲暇时爱好逛街、逛商店；她和儿子赛着吃零食，一整天一整天地打毛衣；平淡的日子她总是心平气和，善待他人；节日来临，她绝不会忘记为她的丈夫和儿子置换一身新衣裳；特殊的日子，她也会计较应该属于她的礼物，哪怕是一两枝玫瑰，然而，她的计较是宽容的，她永远有一颗平常心。

锅碗瓢盆的碰撞声中，寒来暑往的季候风里，她容颜渐老，但她始终是一个十足的，为一个普通家庭操劳着的，感觉里充盈着幸福和快乐的物质女人。

在生命出现磨难、波折，甚至变故之时，她表现出非凡的从容和大度、胆识和勇气。她始终坚守着一份真挚的情感，无论是过去、现在还是将来。她以她的善良和坚贞卫护着一个家的安宁，尽管平添了很多不眠之夜，尽管平添了许多不能止息的心痛，尽管平添了低低的叹息和浅浅的愁容。日出或者日落，她的心灯始终照在丈夫和儿子回家的路上。

她是一个物质女人，却实实在在用默默的承担书写着关于坚贞的答案。在我眼里，在我的知觉世界里，她是从容而平凡的，然而她却是个可以用坚贞来评说的女人。

牵着你的手，走过四季轮回

〉〉〉

一度流行这样一个段子：“牵着老婆的手，就像左手牵右手。”以男人的口吻，传达厌弃同甘共苦的妻子的恶劣意识。作为一个可以感知的社会人，每当听到有人津津乐道地传播“左手牵右手”的段子时，就会自然而然想起妻子的手。

十年前，我在一篇写妻子的文章中描写过妻子的手：妻子的手，是一双能编会织，善于构架人生梦想的巧手。那时，异地而居，一个人总是陷在孤独的想象中。当思念的潮水汹涌而至时，总会想起妻子那双手。妻子相貌平平，与美无缘，与靓无分，可妻子的手却是可以做手模特的。

十多年前，就是因为她的那双手，我才有了最初的怦然心动，她的那双手，成了我心魂的寄托。那双手，手心手背白皙柔软，掌纹清晰明朗，手指纤秀清丽，上面没有一星半点疤痕，一双手掌心朝下伸出来的时候，十指微微上翘，拉出极美的一道弧线。

时至今天，妻子的手已经没有当初那样动人心魄了，虽然双手依然那样纤细，却写满了生活的周折，岁月的沧桑，尘世的疲惫。妻子的手再也不能拉出一段极美的弧线了，手指也有些伸不直了，手背上血脉清晰地凸现出来，整个儿没有以前那样光洁了。可在我眼里，在我心里，妻子的手依然光彩熠熠，无与伦比。

妻子的手在我回家的路上，轻揉着高度近视的眼睛默默张望；妻子的手在我踏入家门的那一刻，端上了可口的饭菜；妻子的手为油烟熏染，为冷水浸泡，为蚊虫叮咬，为苦风磨砺，为生活屈伸。

妻子的手为我织过十余件毛衣，买过四季轮回的衣服；妻子的手在清晨的报亭里翻看报纸查找过我的文章；妻子的手为我购买过我所喜欢的书籍杂志；妻子的手出外旅游时也不忘为我拎回我心仪已久的文房四宝。

妻子的手在我醉态迷离时为我脱过鞋、洗过脚；妻子的手在我遭受病痛折磨时为我倒过水、递过药；妻子的手在我身上默默揉搓，只为遣散我身上的创痛和心灵的疲惫；妻子的手挽着我、扶着我，我就像她一个需要倍加呵护的孩子。

妻子的手，为我把孩子健健康康地带大，每当孩子以他特有的方式同我嬉戏时，我就会想到是妻子托住了我此时此刻的快乐。妻子的手在我生命中无处不在，它柔弱却很刚强。它不仅仅为我分担着生活的重负，更为可贵的是，它总是殚精竭虑为我拨开一重又一重生活的阴影。

有一天妻子问我："外面年轻女子的手，你难道真的不爱？"我一笑："如果那双手美丽纯洁，我为什么要去玷污它，我已经拥有过你的手；如果那双手是有目的的、肮脏的，我为什么要招惹它损害自己？"

人都会苍老，妻子的手自然不能例外。但无论怎样，妻子的手，让我坦然，让我无惧无愧，让我无怨无悔。妻子的手，在属于我的风雨人生里，总是以最温情的姿态和我默默相守。我的潜意识中，妻子的手，是从她纯洁真诚的心灵里，生长出来的一对佛果，是我生命中高扬的旗帜，是我人生路上鲜明的航标，是我心灵永远的栖息地。

改变的不是口味，而是一份心境

〉〉〉

每次看着她，他便觉得她没有以前那么顺眼了，她身上所有的缺点一个劲地往外冒——她的脸色没以前那么红润，她的双眸没以前那样含情，她的头发没以前那样黑亮，她的唇线没以前那么分明。总之，她对他来说已经没有以前那份吸引力了。他当然知道，岁月老人悄悄改变着一切。他和她在一起生活了十几年，始终怀着一颗平常心，平平淡淡地恋着，平平实实地爱着，他们彼此满足于这种真切平静却幸福的生活。她一心一意，他心无旁骛。

也不知是她手艺变了还是他口味变了，总之那些时日他食不甘味，她炒的菜吃在嘴里不是咸了就是淡了。每次撂下碗筷，他总是一声不吭，懒得评价饭菜的好坏。

环境的变迁也许真能改变一个人，口味的变化始于他陷入热闹应酬之中的那些日子。其实，应酬的场面并没有让他感到充实和实在，相反，倒为他平添了几许热闹后的落寞，激越后的惆怅。他从内心深处感到了生命的忧伤和生活的无奈。

也就在这些日子，他发现自己情感的一隅有些异常，一种很真切的东西集结于心挥之不去。这是一份绚丽的情感，将很短的一段路程有意识地拉长，将很长的一段情感经历无意识地缩短，将真切变成朦胧，将汹涌化作平静。然而，这份爱就像一道伤口，他试图让它愈合，让它恢复原状，可偏偏遭遇了不能轻易愈合的时节。这份爱被关切包裹着，这份爱被心痛缠绕着，这份爱被牵挂呼唤着，迷离而且灿烂。

很多事情总是可遇而不可求，他深知这一点，于是他只能当什么也没发生一样，逃离起点又回到起点，咀嚼着平淡不变的家庭生活，感觉里没有辛辣更没有鲜甜。

直到一个冬日的午后，她将菜炒好后从厨房端上阳台，一一摆放在他的面前，阳光下，她惯常的动作是如此质朴，没有一丝一毫做作，却勾起了他对逝去冬天的怀想，对走过岁月的沉思。他一下子又回到了从前，回到了她给他的那份执着而深刻的柔情中。蓦然发现，改变的不是口味，而是一份心境。

只是我们不合适

〉〉〉

据说，苏格拉底秃顶之后，凭着善辩的口才，让年仅 19 岁的漂亮姑娘赞佩西嫁给了他。然而，婚后的生活并没有想象中的美妙。在苏格拉底眼里，赞佩西成了“恶妻”。原因在于结婚之后，苏格拉底大改婚前对赞佩西的赞美和取悦，一味苛刻地让年轻的赞佩西尽妻子的义务。婚前婚后的巨大落差，让赞佩西极为不满，就这样，她的脾气变得越来越暴躁。对此，苏格拉底自我解嘲地说：“如果你娶到一位好妻子，那么你将得到终身的幸福；如果你娶到一位恶妻，那么恭喜你，你将要成为一个哲学家。”

婚姻是一种人生际遇，它的悲与喜，注定与两个人能否真心相对、可否和谐相处有着极大的关系。

不妨听听这样一个故事。两个年轻人，一个搞策划，一个搞美工；一个英俊，一个美丽。在别人眼里，他们是很般配的一对。

至于爱情是何时产生的，他们自己也不大清楚。因为工作在一起，他和她常常因为天色晚了而到茶楼酒吧坐坐，然后他送她回家。顺理成章，她和他走到了一起。

婚后的一天，他和她应邀参加了一个配对游戏，即通过摸手的方式猜测谁是自己的爱人。那天，他发现另外一个人也在场，那是他想爱却无缘相爱的一个女孩。第一位女士上场的时候，很快从众多伸出的手中找到了所爱的人，那是一双修长的手。第二位女士上场后，只摸了几下就找到了自己的爱人，她笑着说，她爱人的手特别暖和。轮到她了，她却怎么也摸不出哪双手是属于他的。那一刻，他很尴尬。主持人将他拉出来，笑着说："那就请你来摸摸吧，看能不能找到你的她。"有几位女士和他妻子一起站成了一列，其中有他无缘相爱的那个女孩。他一一摸过去，其中一双手他非常熟稔，了如指掌，自然是他的她；而另一双手他摸上去的时候却在微微颤动。不知为什么，他最后轻轻握住了那双微微颤动的手。

因为这件事，她和他日复一日冷淡起来，终于有一天，他和她再也拢不到一块了，他们心平气和地走出了彼此的生活。再后来，他和那位女孩之间有了约会，不久，他们结婚了，过得幸福而快乐。他问她："那次游戏，你的手为什么会颤抖？"她说："那天我在想，这一生也许只有做游戏时，你才会轻轻握住我的手。"

对婚姻的感受，因人而异，有人以为，婚姻是一件瓷器，需要悉心呵护；有人以为，婚姻如海上冰山，只露出一角，才有神秘韵味；有人以为，婚姻如丝如弦，张弛有度，才会弹出美妙音律。在我看来，婚姻中的两个人，就像两个齿轮，只有完美地吻合在一起，婚姻这台机器才能正常运转。否则，一切该发生的事故就会如期发生。

左手包容，右手幸福

〉〉〉

有人说，一个家庭幸福的秘诀，就是过得不怎么样时也能凑合着过。应该说，这话说得有几分道理。说女人是男人的一根肋骨也好，说女人是男人的一半也罢，男人女人都活在生活的重压下，难免有沮丧，难免有伤心，难免有埋怨，难免有争吵，若不轻言放弃，便是对爱的肯定。生命的幸福呢，便在时光悄无声息的更迭交替中与日俱增地明晰起来。

有这么一对夫妇，男的朴实，平凡宽厚；女的贤淑，秀外慧中。凡知道的人都觉得他们过得甜蜜幸福。

有一天，女人走在街头，眼波流动间，闯入了一个熟悉的身影，她的心倏忽一下就凝滞了。那是谁啊，那一举手一投足她再熟悉不过了，她曾为他魂不守舍，她曾为他心醉神迷，他与生俱来的威严与高傲，使他的外在和内在都充满了致命的吸引力，作为一个女人，和他一起，实在很难抗拒那份力量的诱惑。但是，他对金钱的欲望，却压倒了一切。女人曾经以为自己是他的全部，到头来却发现，在他的生命中，自己只是可有可无的一个角色而已，对金钱无休止的追逐才是他生命中的至爱。

她远远地望着那个曾经深爱着的他，看着另一个女人把手伸入他的臂弯，心头酸酸的。她默默地站在路旁，绝望地凝视着两个依偎的身影消失在人潮中，只能在心中默默感叹自己当初怎么就没能耐让他拥有获取更多金钱的机会。

她迷迷瞪瞪回到家中，看见了厨房中忙碌的丈夫，一个平凡而又真实的男人，每次无处诉说时，她都会找到他；每次跌入人生低谷时，身边也只剩下他，他总是宽厚地容纳着女人的泪水与忧郁。不知道从什么时候开始，女人开始习惯性地向这个平凡的男人说心里话，又不知道什么时候开始，她和他就成了夫妻。女人走过去，从背后环抱着男人，道：“你有多爱我？”男人停下手中的活，回头望着妻子：“你怎么了？”女人没有回答男人的话，继续低声问：“如果有一千万和我，你挑谁？”抚摸着妻子柔顺的秀发，男人脱口而出：“你。”“为什么？”“因为你是我的唯一。”这一刻，她心中压抑了许久的泪水，就这么决堤而出，她知道，这一刻自己淹没在无边的幸福里。

婚姻就是这样，平淡的家庭生活在特定的环境下，说不定哪一天就透出了危机，若不能好好把握，就极有可能衍生出家庭的不幸。在这种情形下，即使心有不甘或心有所虑，仍能包容彼方，就预示着一个幸福家庭的延续或重生。

左手有了包容，右手才有幸福，这正是平淡生活中可以品出的隽永味道。

温暖是一生的承诺

〉〉〉

在一个婚礼现场，主持人问新郎："你娶了她之后，能给她什么？""给她一个温暖的家！"新郎不假思索地回答。主持人转向新娘："你嫁给他之后，有什么心愿？""一生与他温暖相处，不离不弃。"新娘脱口说出这句话时，脸上飞起幸福的红晕。"很好。"主持人说，"温暖是能够让你们幸福一生的承诺，愿你们温暖相依，白头偕老。"

温暖，多么美好的字眼，它令人想到初春的阳光，冬夜的棉絮。梭罗说，人们的生活必需，是食物和衣服，这些，是保证人生存的基本物质。而食物的必需在于它可以制造人身体内的热能，保持人的体温。也就是说，温暖，是人生存下去最必需的东西。

对于一个小家庭而言，温暖是具体的、细致的、体贴入微的；在心手相牵的两人世界，温暖变成了可以感知、可以触摸、可以相拥的幸福篇章。人生在世，就像一只风筝，也许，在或长或短的旅途上，会被生活挤压得狼狈不堪，颠沛得不成样子，但只要家还在，温暖就在，心上的创痛就有栖息恢复的时机。家，始终是那个牵挂着的、含情脉脉的线轴。

更多的时候，温暖是抽象的，是藏在心底的一个概念。温暖由衣食派生，却会在生命中得以升华。凡俗的生活，需要食物和衣服，更需要由心而生的温暖。人，只有感受到温暖的存在，才有生活下去的理由。温暖是不可或缺的，温暖越少，幸福就越少；温暖越多，幸福的感觉就会无处不在。能感受到尘世的温暖，才会有一颗温暖的心，才有能力去温暖别人。

事实上，一个人，从降生之日起，温暖就在身边萦绕。就算在一程又一程的人生路上有诸多不如意，温暖也从来不曾离开过。爱情、友情、家庭、事业，就是一个人的温暖所在。真正的温暖源于内心，很多时候，我们不在乎身上衣服有多厚，而在乎心头有多暖。更多的时候，一丝微笑，一声问候，一个拥抱，就足以将心中的寒意驱散。温暖不只是逆境和病痛之时才需要，人生处于顺境时，何尝能缺少源于生命深处的脉脉温情。你有一颗温暖的心，你就是太阳的化身；你有一颗冷硬的心，属于你的世界都会变得寒冷。温暖是一种互动的方式，在你给予别人的同时，你自己也在幸福地获取。

有一句话说得好：幸福与一个人所处的位置有关，有些人像流星,高居天宇,光耀尘世,可是他们只能瞬间划过,被别人观赏指点,没人懂得他们的凄凉和隐痛;有的人像普通的灯盏,蜗居于某个屋檐下,却能照亮和温暖整个房间,被人珍视。

字里行间蕴深情

〉〉〉

中国古代浩如烟海的诗词名篇中，不乏咏情佳作。一个情字，满溢在文字之中，这些文字和写出这些文字的人，就绝不会为时间长河所淹没，他们多感的情怀，恰似时空长廊永不熄灭的电光。

晋代潘岳，中国历史上的美男子，所到之处，十分受异性的欢迎。但他用情深切专一，在妻子去世一年后，觉得自己留在家里没什么益处，于是决定走出家门。临行之际，他想到夫妻恩爱，如同双宿双飞的鸟、比目而游的鱼，如今却是形单影只，不免心中郁闷难遣。睹物思人，他泣涕写道："望庐思其人，入室想所历。帏屏无仿佛，翰墨有余迹。流芳未及歇，遗挂犹在壁。怅恍如或存，回惶忡惊惕。"秋季来临，天气转凉，想到从前跟自己依偎取暖的人不在了，人去床空，空床蒙尘，他的眼前浮现出妻子的容颜，耳边仿佛响起了妻子的话音。"抚衿长叹息，不觉涕沾胸。沾胸安能已，悲怀从中起。"

诗人心中的悲哀难以用笔墨描述。翌年清明时节，潘岳带着深切的思念来到妻子的坟前。“徘徊墟墓间，欲去复不忍。徘徊不忍去，徙倚步踟蹰。”看着枯叶残花落满坟前墓侧，想到孤独的亡灵无人陪伴，潘岳感到双脚如灌了铅一般沉重。

宋代著名词人苏轼在结发妻子王弗去世十年之后的一个晚上，梦见亡妻，梦醒后写下一首深切的悼亡词《江城子·乙卯正月二十日夜记梦》，词曰：“十年生死两茫茫，不思量，自难忘。千里孤坟，无处话凄凉。纵使相逢应不识，尘满面，鬓如霜。夜来幽梦忽还乡，小轩窗，正梳妆。相顾无言，唯有泪千行。料得年年断肠处，明月夜，短松冈。”词中明月之夜痛断肝肠的生死相思，情真意切。正因为这样，这首词作才成为中国诗歌史上最著名的悼亡词之一。

宋代贺铸是位地位卑微的地方小官，一生都在清贫中度过。但是，他有一位患难与共、相濡以沫的妻子。当然，贺铸对妻子也一往情深。一首《鹧鸪天》，词人通过苏州阊门生活的今昔对照，妻子夜间挑灯补衣的细节，把夫妻晚年的生死恋情，表现得感人至深：“重过阊门万事非，同来何事不同归。梧桐半死清霜后，头白鸳鸯失伴飞。原上草，露初晞。旧栖新垅两依依。空床卧听南窗雨，谁复挑灯夜补衣？”

清代纳兰成德的原配妻子卢氏，在结婚四年之后便辞世了，留给纳兰无限的遗恨。他一生之中一而再、再而三地为之作词抒情，真情佳句，哀感顽艳。他对卢氏的思念至死不渝，从卢氏去世的那一年，一直到他自己去世的那一年，不断地有伤逝悼亡的词作问世。“青衫湿遍，凭伊慰我，忍便相忘。半月前头扶病，剪刀声、犹在银釭。忆生来、小胆怯空房。到而今，独伴梨花影，冷冥冥、尽意凄凉。愿指魂兮识路，教寻梦也回廊。咫尺玉钩斜路，一般消受，蔓草斜阳。判把长眠滴醒，和清泪、搅入椒浆。怕幽泉、还为我神伤。道书生薄命宜将息，再休耽、怨粉愁香。料得重圆密誓，难禁寸裂柔肠。”（《青衫湿遍·悼亡》）写于卢氏去世后不久。“此恨何时已。滴空阶、寒更雨歇，葬花天气。三载悠悠魂梦杳，是梦久应醒矣。料也觉、人间无味。不及夜台尘土隔，冷清清、一片埋愁地。钗钿约，竟抛弃。重泉若有双鱼寄。好知他、年来苦乐，与谁相倚。我自终宵成转侧，忍听湘弦重理。待结个、他生知己。还怕两人俱薄命，再缘悭、剩月零风里。清泪尽，纸灰起。”（《金缕曲·亡妇忌日有感》）落笔于卢氏去世后三年。“谢家庭院残更立，燕宿雕梁。月度银墙，不辨花丛那瓣香。此情已自成追忆，零落鸳鸯。雨歇微凉，十一年前梦一场。”（《采桑子·谢家庭院残更立》）此词成于卢氏去世后七年。

世间多离愁，人生多别恨。这些美丽哀婉的情感文字，将所有多感多愁的深切情怀凸现得淋漓尽致。或怅然如梦，或悲忆交加，或缠绵难尽，或至死不渝……在我们生存的世界，人可以了，情却不可以了。一个“情”字，无休无止，如黏合剂般将生命的过去、现在、将来，牢不可分地粘连在一起。

情爱絮语

〉〉〉

1

亲情有深度，友情有广度，爱情有纯度。爱情是一门艺术，艺术本身没有规律，就像王羲之醉酒后写下千古流传的《兰亭序》，吴道子偶尔信笔点染，笔下的肖像反而惟妙惟肖。寤寐求之的，反而求之不得，顺乎自然的，总是水到渠成。

“临去秋波那一转，心摇神恍堪销魂”，缘分来时，一个眼神已经足够；“最是那一低头的温柔，恰似一朵水莲花不胜凉风的娇羞”，心旌摇荡时，哪怕一低头，也能谱就一首爱的歌谣。

“人世间最美的相爱，永远在找寻当中。而爱的幸福，只是一场伤筋动骨的劫难。”（余光中语）然而，无论苦与乐，现实生活中，因为爱，人们总是以飞蛾扑火般优美的形式演绎着爱的旋律，或沉痛苦涩，或甜蜜弥漫。

对的时间遇见对的人，是一生的幸福；对的时间遇见错的人，是一场心动；错的时间遇见错的人，是一段荒唐；错的时间遇见对的人，是一声叹息。有缘有分的爱，是完美的；有缘无分的爱，是伤感的；无缘无分的爱，也许是上苍掉下的一滴咸涩的泪，但较之无爱的人生，要胜过千倍万倍。

2

“爱情不是花荫下的甜言，不是桃花源中的蜜语，不是轻绵的眼泪，更不是死硬的强迫，爱情是建立在共同的基础上的。”（莎士比亚语）因此，爱是情的沟通、心的共鸣、思想的碰撞、灵魂的相拥。

爱情是生命的复色。外貌、风采、地位、金钱也许重要，但更重要的是心灵、丰富的情感世界、学识和品性。美丽漂亮或许是爱情的原动力，但不是爱情的唯一。“人不是因为美丽而可爱，而是因为可爱而美丽。”（托尔斯泰语）因此有一见钟情，也有日久生情。

爱是一种甜蜜的痛苦。爱情不是用眼睛而是用心灵看的，因此生着翅膀的丘比特被描成盲目。爱情常常令人相信缘分，“有缘千里来相会，无缘对面不相识”便是前人的经验总结。

爱情多有忧伤，这是因为理想与现实总有距离。“为赋新词强说愁”是浪漫的爱情；“春花秋月何时了”是沉溺的爱情；“天凉好个秋”是理智的爱情。爱情是船，理智是长缆，心是永远的堤岸。

3

真切的爱，深藏于心，澄清悠远，安宁美丽。深沉理性的人，最能聚集一生的爱，用阳光般的情怀，以不易察觉的姿态，让人生感觉温暖和爱的存在。

时光的河流可以漂白曾经乌亮的青丝黑发，岁月的季风可以吹皱青春的靓丽容颜，只有真切的爱，永远是鲜活的，灵性的，超然的，依然保有柳枝拂水的心境，冬日阳光的情怀。

真切的爱，也需要给对方一方自由的空间。爱，没有包容，难免就会有迷失；爱，缺少信任，不经意就会窒息；爱，只有限制和猜疑，也许会导致爱的逃离。所以，会爱的人，总是爱得深刻却理智，铭心却宽容。

有些人，一辈子没说一句“我爱你”，却爱得坚如磐石，忠贞不渝；有些人，“我爱你”说得天花乱坠，最终暴露的还是贪欲自私的本性，结果只能是劳燕分飞。

后记

1

梦一般，少年从身边走过，那一刻，我清楚地看见自己年少时的背影，那一刻的快意，春光般，深入心灵。整个世界，像二十六个字母在眼前摊开，清晰明了。一刹那，我回到了充满爱和想象的年华。

2

心的存在，让生命变得坦荡；爱的驻足，让情感有了方向。或哭，或笑，或嗔，或怒，人性的本真凸显无遗。爱的际遇中，又何尝没有乌云，风暴，彩霞，阳光？是爱，就有沉郁和哀伤，更有近在咫尺的惆怅。

3

微笑的爱，绵厚悠长；游离的爱，感觉凄凉。情感一旦枯竭，人生便会失去方向。爱和被爱，需要互动。被爱而不爱，就算得到，也是没有终点的忧伤。世间至美，两心相融。相融的心，才会满溢爱和快乐的芬芳。

4

相爱，有时候，只是一种想象。世俗中人，常常需要接受命运的安排，常常会在趔趄中伤感绝望。现实归于现实，挥别时，最需要守护的，还是爱的灵光。

5

翠绿的禾苗，青碧的树林，乳白的晨雾，金黄的阳光，燃烧的云霞，蔚蓝的天空……就算有几朵黑云，它的边缘，也闪着银色的光亮。缘于生活的爱，就像田畴上空飞过的白鹭，灵动，轻盈。没有亲身体验，再传神的事物，也会在记忆中消隐。

6

山尖缠绕的薄雾，难以在日光中依洄，生命的美丽终将消匿。爱是人生的期待，爱是生命的痕迹，若能付出了百分百的真诚，总会有一段美丽时光，可以让人记取。相信爱，体验爱，再巨大的伤痛，也会成为过去。

图书在版编目（CIP）数据

爱一个人，在旧时光里细数温柔 / 程应峰著 .
-- 北京 : 北京时代华文书局, 2016.8
ISBN 978-7-5699-1081-0

Ⅰ. ①爱… Ⅱ. ①程… Ⅲ. ①散文集－中国－当代 Ⅳ. ① I267

中国版本图书馆 CIP 数据核字 (2016) 第 201538 号

爱一个人，在旧时光里细数温柔

著　　者 | 程应峰

出 版 人 | 王训海
选题策划 | 曾　丽
责任编辑 | 曾　丽　石乃月
特约编辑 | 王国军
装帧设计 | 程　慧　王艾迪
责任印制 | 刘　银　范玉洁　訾　敬

出版发行 | 时代出版传媒股份有限公司　http://www.press-mart.com
北京时代华文书局 http://www.bjsdsj.com.cn
北京市东城区安定门外大街 136 号皇城国际大厦 A 座 8 楼
邮编：100011　电话：010-64267955　64267677
印　　刷 | 北京京都六环印刷厂　010-89591957
（如发现印装质量问题，请与印刷厂联系调换）
开　　本 | 880mm×1230mm　1/32　印　　张 | 7.5　字　　数 | 147 千字
版　　次 | 2017 年 1 月第 1 版　印　　次 | 2017 年 1 月第 1 次印刷
书　　号 | ISBN 978-7-5699-1081-0
定　　价 | 32.00 元